U0131413

少年維特的煩惱

Die Leiden des jungen Werthers

歌德

Johann Wolfgang
Von Goethe

著

宋碧雲　譯

少年維特的煩惱

Die Leiden des Jungen Werthers

目次

｛山鳴谷應｝
──歌德的世代與其作品

1 詩人的誕生

　　一七四九年八月二十八日，差不多已是夏季末期了，當正午的鐘聲傳響緬因河畔的自由市──法蘭克福時，歌德在嘹亮的鐘聲裡來到人世。

　　那個年代雖已到了中世紀末期，可是中世紀的閉塞卻依舊統籌著當時的社會。自由市法蘭克福是個不隸屬於任何封建諸侯的古城，那裡重圍著高大的城牆，城內石板街道狹窄陰暗，兩旁滿布尖頂的屋宇；中世紀正在這個古城的上空照耀著它沒落之前的最後光輝，詩人的誕生象徵著一個新世代的萌芽和出發。

　　歌德的家世優渥，是一個上層市民之子。他的父親學養深厚，拘謹而認真，並喜好家居生活，歌德從父親那兒承繼了堅忍不拔的精神；他的母親是法蘭克福市長的女兒，爽朗、健談、誠實，是個典

型的南方女郎，他從母親那兒承襲了才學、智慧，以及對生命的喜悅、空想等稟賦。

他幼年的住宅中，有一所很大的圖書館，有蒐集成套的礦物學標本，有整套的版畫，在他父親所親自擬定的「教學計畫」中，各類自然科學、音樂、繪畫、體育、騎馬、劍術，以及各國語文等，無所不包。童年時期，歌德在知識的鑽研上就表現突出、頑強而堅忍的殊才。

我們讀他晚年的作品，在題名為《詩與真實》的自傳裡，詩人少小時期的家居生活影像，深深地穿梭在字裡行間，他說：

> 父親的愛是深摯而且親切的，可是太嚴謹，內心裡雖有柔情，外表卻顯示出鐵一般徹底的嚴格。這不外是為了達到一個目的，就是給予子女們最好的教育，建設、整頓並維持基礎穩固的家庭。但是母親這邊，卻還像個孩童，與自己的大兒子與大女兒一起，同時也是靠了子女們，才好不容易地達到一個成人的自覺。母子女三人，用健康的眼睛來看這世間，也不乏豐密的生活力，追求著現在的享樂。蕩漾在家庭

裡這種矛盾與對立，隨著年月俱增。父親是那麼毅然決然，不斷地尋求自己的意圖，母親與孩子們則怎麼也無法割捨自己的感情、需求與願望。

我們崇拜偉人，當然說是天生的。歌德這位偉大的詩人，他的一切成就似乎與生俱來。但是，無論他的天賦與境遇多麼優越，在他八十三年的碩長生命裡，能夠使他歷經人世的種種困境，而仍然持續不斷地完成偉大作品的，卻是他熱愛自然、熱愛生命，以及坦誠的生之意志力所驅策。

② 狂飆運動與《少年維特的煩惱》

少年的歌德，在萊比錫大學和史特拉斯堡大學的遊學歷程後，他的天才始真正突破、開展。

一七七○年到一七八○年之間，是德國文學史上有名的狂飆運動。這是一個反叛的時代，在政治上，他們反對封建的專制政體，在文藝創作上要求自由地發抒個人的感情。歌德曾說：

我生於其中的文學時代，是藉對前一時代的抗
議而展開的。

狂飆運動所抗議的對象是當時在歐陸盛行的啟蒙運
動，其精神的真諦是以感性對悟性，以內發的生命
力對外在的形式，而且憑火一般的文學作品來推
動。青年歌德在這一時期的抒情作品中，洋溢著對
真實的生動感觸，在壯麗雄偉的大自然面前，在人
性的哀樂面前，極「傷感」地吐露著。

　　《少年維特的煩惱》寫於一七七四年，是這個
時期中最有名的代表作，德國文學因為這部作品而
登上了世界文學的舞台，它同時也帶動了英、法浪
漫主義的興起。「維特」幾乎成了當時所有德國青
年模仿的對象，在他們看來，這部小說具有無比的
美與力，更具有將熱情轉化為現實行動的能耐。

　　在這本書裡，歌德描寫一個才氣出眾的少年維
特，他不隨俗、不妥協，因而在他周遭的庸俗環境
中找不到安身立命的地方。他洞悉著生命和自然的
本質，認定人只有在情感中才能發抒他最鮮明的生
命力。當他發現了夏洛蒂，這麼一個質樸、深情的

姑娘時，他情不自禁地湧現出如歌似夢的熱烈情懷，夏洛蒂幾乎是他意志世界的完美影像。整本書裡，生趣盎然的大自然與那種戕害天性的庸碌，成了明顯的對比，歌德寫道：

> 世上還有些價值的東西原已不多，竟會有人對於這些東西也沒有了解和感情，我真氣得要發瘋了。

有人稱書信體的《少年維特的煩惱》是一幅一幅心靈的圖畫、情緒的音樂。它表明一種青春光明的人生意義，擴大了人的視野，明澈了人的目光。我們隨著日記的進展，歷經了春花煦燦、夏日濃蔭、秋風落葉以及冬景陰暗的四季時令，自然界的景象，與維特的心境相互呼應。讀到他激慷的慕情成了幻影時，他悲痛的自盡讓人久久無以釋懷。據說，拿破崙曾將這本書讀過七次，遠征埃及時，更攜帶同行，在金字塔下展讀。

經歷了狂飆運動，使得歌德深深自覺於「回歸自然」的深厚涵蓋，並將一切體驗昇華，從自我內在之聲與自然之中尋求一切創作的泉源。少年維特的故事也就是歌德的親身體驗，藉由撰寫這一本

書，歌德將其昇華為詩的形象，並以此超越了自己情感上的危機，將自己內在生命的動力指向一個更為穩定的方向。他創造了維特——一個替自己行為做主的少年，在吐露傷感之外，更同時指出治療傷感的途徑。

狂飆運動這段時期是歌德成為一個偉大詩人，最為著實的一步。這個運動雖然很快成為過去，而歌德的詩才卻從此得到豐足的滋潤，得以不斷地成長。

③ 威瑪公國以及《浮士德》

歌德成為名詩人後，不久即被剛上任的威瑪大公卡爾·奧古斯都聘至威瑪宮廷，任職樞密院，當時他才二十六歲。從此以後，一直到他生命終止，他大部分的時間都住在威瑪，以威瑪為家。

這期間，歌德除了行政職務外，更以他那曠世的才氣、精力和堅忍的德意志精神，從事地質學、礦物學、植物學、骨學、解剖學等廣泛的鑽研，而且各方面也都卓然有成。到了一七八二年，他被封

為貴族，晉升為公國的首相，掌管著財政、林礦、教育和軍隊等部門。

但是，繁忙的行政工作逐漸逼占了他的全部精力，隨著歲月的遞移，歌德對宦途也感到失望。他極力想逃出威瑪宮廷的沉悶氣氛，「狂飆天才」那種深邃追尋的氣質和力量，浪濤似地襲捲著他的精神，他渴望把自己整個獻身於藝術。

在兩次的義大利之旅，詩人初度震撼於自然與人類的根源和典型。對於久住威瑪的歌德來說，義大利是一個遙遠的美麗南國，那兒海天清澄，人間的種種形象都單純而明快地呈現在他眼前；與北方煙影風土的德國和威瑪相較，義大利的陽光如波光瀲灩中的歌聲，喚醒了所有事物的形與色，給賦了所有事物最最原本的面貌。

歌德雖貴為公國首相，境遇優渥，他卻從不曾變為歌功頌德、詞藻繁複的宮廷詩人。他把獻身藝術的理想與義大利結合起來。

義大利之旅後，歌德再度執起抒情之筆，直到與席勒（Shiller）相遇，開始了一段十多年無以比擬的親密友誼；這段期間，詩人內心中，世界觀的深邃衝突，使得他創作豐盈，比較重要的作品有

《威廉‧邁斯特》、《伊菲格尼》、《赦爾曼與杜羅特》、《達梭》、《羅馬悲歌》以及《浮士德片斷》等。

真摯和坦誠使得他與席勒的友誼產生了驚人的創作力，在文學史上，閃耀著無比的光輝。他們兩個天性中有對比的差異，但也正因為如此，歌德與席勒更易於理智地批評對方、激勵互相的創作。席勒最大的功績，應該是促使歌德，在滿足於《浮士德片斷》的寫作後，重新執筆完成他不朽的巨著《浮士德》。歌德曾對席勒說過：

> 你給了我第二次青春，使我再度成為詩人，從此，我不會停止寫詩。

一八〇五年，席勒死後，歌德在哀痛之餘，真如自己所言「從此，不再停止寫詩」，他不斷地從事多樣活動，不斷地探索、創作。

他了解到自己的直觀與席勒的析理，席勒要人們向理想的領域悠悠然逝去，歌德卻仍然渴求人類在現實活動中去體認生命的意義。他的內心裡，常同時洶湧著上層市民之子的謹慎堅忍、天才詩人的

直觀熱情以及威瑪樞密官的冷靜果斷；這三種情感張力分握著他的內心，相當矛盾、相當衝突，直到他寫就了《浮士德》後，這種矛盾和衝突才告解決。

《浮士德》原是一則德國民間傳聞的地方戲。

歌德在小時候即深深地被它吸引，浮士德這個人物的形象在他的內心裡穿梭不去，一天深似一天。一七九〇年，他曾初步完成《浮士德片斷》，也就是後來《浮士德》的第一部。與席勒建交後，激起他泉湧似的創作欲，浮士德更是其中最為鮮明的人物。此後，他持續不斷地為這部作品構思，一直到他生命結束的前兩年（一八三一年），《浮士德》的全部面貌才告完成。前後共運思了六十年之久，這部作品能屹立在世界文學之頂上，實非偶然。

形象化是一切藝術的基礎，離開了形象，就沒有詩，沒有藝術。《浮士德》這部大書，便是偉大詩人歌德一生意志的表徵，透過浮士德的經歷，使其形象化、具體化。

從「天上的序幕」開始，直到最後浮士德升天，這部書幾乎涵蓋了一切人類所曾面臨的現實世界與意志理念世界。這裡有天國、有地獄、有今

生、有來生、有醜惡、有善良,魔鬼與天使在這兒
並存互爭;在這裡,我們遇到了每天都會遇到的
人,同時,歌德也把我們日夜所思慕的人事寫了進
去;前者包括農民、兵士、學徒、市民、女僕、大
學生、販夫走卒等等,各形於色;後者,透過否定
精靈摩非斯特的牽引,上天下地,返老還童等等無
所不包,無所不能。

　　歌德在這部書裡,融注了所有他的人生觀和宇
宙觀,他寫了宗教,寫了哲學,寫了人生百態,寫
了愛恨逾恆;他寫時光的飛逝,知識探尋的沮喪,
欲望的永無止境,他寫到自然時,曾藉浮士德之
口,疾聲吟道:

　　　我何曾捉著你呀,自然的母親?

詩劇開始時,老博士浮士德正在塵封的書籍中沮喪
於「學無所止」,惶恐自己年華虛度,懷疑知識的價
值,永恆的可能。當摩非斯特以惡魔之心、奴才之
表出現時,浮士德就與他打賭締約;摩非斯特永為
浮士德之僕,讓他為所欲為,帶他尋歡逐樂,有求
必應,直到浮士德有一刻喊出說:「這一剎那太美

了，再停留一下吧！」那麼浮士德的靈魂即便出賣給摩非斯特，任其擺布。

浮士德自己深信這個時刻無論如何總不會來臨。

摩非斯特是詩劇中反派人物的具體形象，他是個人性的試煉者，仇視人類的魔鬼，企圖用陰謀把浮士德引入歧途。他的自我介紹是：

我的永生不滅的力量，

時時刻刻不斷想製造罪惡，使別人迷惘失途。

這兩個人物構成這部作品的主幹。摩非斯特的諷刺與浮士德的理想，針鋒相對。在摩非斯特的牽引下，浮士德返老還童，重與年輕時代的戀人葛蕾卿相愛，這個相愛卻造成了悲劇，第一部在葛蕾卿死於獄中結束。第二部寫作時的客觀環境，歌德已屆老年，這時的浮士德希望深切了解古代世界的安詳美麗，他與希臘神話中的絕代美人海倫結了婚，開始了一段創造性的生活。他讚美自強不息、孜孜不倦的勞動者，覺得世界在他的努力下，條理分明，他說：

> 我毫不保留地為這個理想獻身！一生光陰
> 並沒有白費，我眼前已清清楚楚地
> 出現了大地上智慧的結晶。
> 只有那些為自由和生活每天都奮鬥的人，
> 才配享受這自由和生活！

對於浮士德來說，這正是他終生追尋的那種「美好的一刻」，他很樂觀地唱道：

> 你真美啊，請停留一下！

這時，摩非斯特依約出現，要攫取浮士德的靈魂。但天上的天使以大慈悲的胸懷，及時搶救了他，使他升天，在那兒，葛蕾卿已淨化為「光明聖母」。

　　這樣的結尾使得整部詩劇，前後呼應。

　　歌德是一位進化論者，他主張有為的哲學，浮士德個性的發展在他寫來也具有這樣的進化觀。最後，浮士德的得救，在於他所滿足的並非是私欲淫樂，而是為百萬人開拓疆土，他滿足於：

看見熙熙攘攘的人群，在自由的土地上居住著。

這完全是一幅民生安樂圖，天上若真有一個大我主宰存在的話，他也應該欣喜於此！這是詩人歌德終其一生的智慧結晶，所領悟出來的一個進展的時代，它為人類精神提供了一幅創造性的藍圖，浩然屹立！《浮士德》的不朽在此，歌德的不朽也在此。

④ 歌德與世界文學

愛克爾曼（J.P. Eckermann）是歌德晚年的學生、祕書、友伴和知音，在他所作的《歌德對話錄》裡，記錄著一切歌德最為珍貴的言談和思想。在一八二七年一月三十一日，星期三的對話錄中，記錄著歌德對世界文學的看法。歌德說：

我愈想愈明白：詩文是人類的共同財產，她隨時隨地在千百萬人的心裡生出來。某一個人比另一人做得稍稍好些，比另一人游泳得稍稍長

久些——不過如此而已。馬遜遜先生（Herr von Mathison）不應當以為他是獨一無二的詩人，我也不應當以為我是獨一無二的詩人；而人人都應當對自己說：詩才並不是很稀罕的東西，誰也沒有任何特別的理由，做了一首好詩便可以因此自負。但我們德國人如果不從我們自己環境的狹小範圍裡向外觀看，我們當然很容易陷入於這種炫學的自負的。因此我很喜歡環顧其他民族，勸告無論何人同樣為之。國民文學在現今沒有多大意義，現今正是世界文學的時期了；人人現在都不可不有所作為而提早這個時期。

詩人在這段話裡，對世界文學有了初度的展望和界說。

我們知道在歌德生長的年代裡，德國作家群中，最有名氣的並不是歌德，而是考塞卜（Kotzebue，1761－1819，德國戲劇作家）。可是如今，當歌德享賦世界文學作家的美譽時，考塞卜依舊只是德國文學史上一個有限的名字，這其中的原因何在呢？我們看荷馬的史詩、但丁的《神

曲》、莎士比亞的《哈姆雷特》，以及《唐吉訶德》等，它們無疑都是矗立於世界文學之林的偉大作品。這些作品能穿過國家的界限、語文的障礙、時間的阻隔而成為全世界人類文明的寶藏，實非當時代的熱潮所能完全肯定的。它們有一個共同偉大的地方，就是：這些作品中，都表現一種特長，普遍而恆久的精神力量，它們如礦中金玉，愈經歷鍊愈熠耀輝煌。

當然「世界文學」是個極難界說的名詞。依據歌德的看法，世界文學是各民族文學中的一環，它在分歧的地理河流中搭架了一座文學之橋，在高山阻隔間形成了一條精神的大道，人們藉此溝通了互相間的了解與容忍，使孤寂的生靈得到安慰，使人心緊緊相契昇華。這些界說，歌德的作品都當之無愧。

以《少年維特的煩惱》和《浮士德》為例，兩部作品都能歷經了時間和空間的考驗。自發表後，世界上各國譯本相繼出世，呼應之聲此起彼落，任何年代、任何地方的任何一個人，凡展讀過這些作品的，無不深為所動，如初生之子。歌德在論維特時，說：

那個被議論的維特時代，並不是世界文化的進
程的一個階段……被妨礙的幸福、被阻滯的活
動、不被滿足的欲望等等，都不是某一特殊時
代的缺陷，而是各個人的缺陷。所以若在一生
中，沒有一次覺得維特是為他而作的人，那是
很無聊的。

綜觀詩人的一生，從寫就維特煩惱的少年歌德，到
白髮幡幡、完成《浮士德》的老歌德，他的生命如
他所熱愛的義大利陽光一樣，照耀出人類最初的典
型，在蒼茫的生靈中牽引著不變的一線根源。讀他
的生平，讀他的作品，其相互回響之勢，如山鳴谷
應。

少年維特的煩惱

五月二十七日

我發覺自己大作比喻，雄辯滔滔，忘了告訴你我和那兩名幼童奇遇的結果。我坐在牛犁上兩個鐘頭左右，全心感受如畫的風光，昨天的信裡我已零零碎碎描述過了。傍晚時分，一個少婦走向那兩個一直靜坐的孩子，手挽一個小竹籃，老遠就叫道：「菲利浦，你真是好孩子。」她和我打招呼，我連忙道謝，同時站起來向她走去，問她是不是這兩個孩子的母親。她說是的，並給了大孩子半塊麵包捲，抱起嬰兒吻個不停，充滿誠摯的母愛。她說：「我把嬰兒交給菲利浦抱，就帶大兒子進城去買白麵包、砂糖和熬粥的小鍋。」我看這些東西都放在竹籃內，竹籃的蓋子已經掉了。「漢斯（嬰兒的名字）睡覺前，我要給他煮一點肉湯，昨天淘氣的老大和菲利浦搶吃剩下的麥粥，把小鍋摔壞了。」我問起她的大兒子，她說他正在公有地上追逐幾隻白鵝，說著說著他就跑過來了，給菲利浦帶來一根榛樹的枝條。我和母親多談了幾句，知道她是校長的女兒，她丈夫正要到瑞士去拿一份表親留下的遺產。她說：「他們想騙走他那一份財產，故意不回信，

所以他親自跑一趟。好久沒接到他的訊息，但願別出什麼事情才好。」我簡直不忍道別。我給每個小孩一枚小硬幣，嬰兒那一份則交給他母親，要她進城的時候給他買一個麵包捲做肉羹，於是我就告別了他們。

摯友，我告訴你，我本來熱血沸騰，看到這個人自甘淡泊，靜靜追求她狹窄的生活圈，一天一天只求溫飽，看到秋葉黃落、冬天將臨，也沒有其他的想法，我的心境頓時緩和下來。

後來我常常出去，孩子們對我漸漸習慣了。傍晚我喝咖啡，他們就吃糖，還分享我的麵包、奶油和酸奶。禮拜天他們一定會收到一枚小硬幣，祈禱時間過後，我若不在那兒，女店東就照我的吩咐拿錢給他們。我已獲得他們的信任，他們對我無所不談。很多村童聚在一起，看他們發洩情緒，表達欲望，尤其討人喜歡。

我費盡心血，才說服那位母親不要擔心孩子們「打擾這位紳士」。

六月十六日

　　我為什麼不寫信給你？你名列學者之林，居然問我這句話！你應該猜得出，我近況很好，真的──簡言之，我遇到內心深感興趣的人物。我遇到了──我不知道。

　　要井井有條告訴你我認識一位可人兒的經過，可不是一件簡單的事情；我心滿意足，萬分快樂，所以不可能說得清清楚楚。

　　安琪兒！老天，每一個人都用這句話來形容他的心上人！不是嗎？我卻無法道出她有多完美，為什麼這樣完美，夠了，她已經完全占有了我的心靈。

　　如此天真，卻又夾雜著如許的智慧，如許的善心和如許的果斷，這麼活潑的生命竟有如許安詳的靈魂。

　　我對她的形容都是無望的廢話，只是抽象的分析，不足以表達她本人的任何特徵。下次再說吧──不，不要下次再說，我要現在馬上告訴你。我現在如果不說，以後永遠不說了。告訴你一個祕密，我提筆這封信，如今已三度想放下筆桿，騎馬出門，

雖然今天早晨我曾發誓不——但是每一分鐘我都走到窗前，看看太陽有多高……

我忍不住，我非出去找她不可。威廉啊，我再度回來，打算吃晚飯，把這封信寫完。看她陪著那些快樂的小孩——她的八個弟弟和妹妹——我簡直神魂顛倒。

我若這麼寫下去，你看完信還是一無所知，所以你聽著，我要逼自己描述細節了。

我最近曾寫信告訴你，我和執達官相識，他馬上請我到他的幽居——也可以說是他的小王國——去看他。我遲遲未去，要不是我偶爾發掘那塊淨土中蘊藏的寶藏，說不定我一輩子都不會去呢。

此地的年輕人在鄉下安排了一個舞會，我很高興參加。我為鎮上一個漂亮卻不太有趣的姑娘擔任護花使者，事先說好由我雇馬車載我的舞伴和她表姊赴會，順道去接夏洛蒂·S。我們駕車穿過一條林蔭大道，走向獵場小屋，我的舞伴說：「你將認識一個美麗的姑娘。」她的表姊補充說：「小心，別愛上她喔。」我問道：「妳這句話是什麼意思？」前者回答說：「她已經訂婚了，對方是一個有為的青年，他父親死後，他去處理事務，並且應徵一個

重要的職位。」我對這個消息並沒有特殊的興趣。

我們到達獵場小屋的大門，太陽還有十五分鐘才會落到山頂。天氣很悶熱，小姐們都很著急，怕舞會中途遇到暴風兩，地平線上灰雲密布，暴風雨眼看就要來臨。我故作氣象行家，讓她們安心，其實我自己也預感到盛宴一定會被中途打斷。

我下了馬車，一名女傭人來到門口，要我們稍等一下，洛蒂小姐馬上出來陪我們。我穿過院子，走向結實的房舍，登上前面的階梯，進入廳門，突然看到有生以來最動人的畫面。門廳裡擠了六個小孩，由六歲到十一歲不等，圍著一位中等身材的姑娘，她身穿一件簡單的上衣，胸口和雙臂各有一個粉紅色的蝴蝶結。她手拿一塊黑麵包，依照年齡和胃口各切一片給身邊的小孩，態度非常可親，每個小孩都高舉小手，拿到麵包就天真地說聲「謝謝！」然後心滿意足、蹦蹦跳跳跑開，比較文靜的孩子則慢慢走到大門口，望著來接洛蒂姊姊的陌生人和馬車。——「請原諒，」她說：「害你進來催，又讓小姐們等我。我穿衣打扮，並且安排出門後的家務事，忘記給小傢伙弄晚餐了，他們的麵包一定要我來切，不肯別人代勞。」我說了幾句無傷大雅的恭

維話，心裡卻為她的體態、她的聲音，她的風姿而深深著迷，她進屋去拿手套和扇子，我才由驚喜中恢復了鎮定。小傢伙遠遠站著，斜眼偷看我，我過去逗最小的孩子，他看起來最討人喜歡。他正要往後退，洛蒂在門廳出現了，她說：「路易斯，和表哥握手。」小男孩坦誠照辦，雖然他的小鼻子髒兮兮的，我還是忍不住吻了他幾下。我伸手攬她說：「表哥？妳認為我有這份榮幸當妳的親戚嗎？」她淘氣地笑笑說：「喔！我們的親戚圈很廣泛，你如果沒有資格身列其間，我可要大大遺憾呢！」我們出門的時候，她叫十一歲的大妹蘇菲照顧小傢伙，父親騎馬回來時代為問候。她又吩咐小傢伙聽蘇菲姊姊的話，就像對她一樣，有幾個孩子答應了。但是，有一個年約六歲的頑皮金髮兒說：「洛蒂，她畢竟不是妳呀！我們比較喜歡妳。」最大的兩個男孩已經爬上馬車後座，我求她讓這兩個孩子跟我們走一程，到樹林邊才下車，只要他們答應不吵架，好好扶穩就行了。

我們坐好，小姐們就彼此招呼，各自討論對方的打扮，尤其是帽子，並且討論今天會遇到哪些熟人。這時候洛蒂吩咐停車，叫弟弟們下去；他們要

求再吻她的纖手，大弟舉止溫文，正是十五歲少年典型的儀態，另外一個動作魯莽而輕浮。她再三要兩個人問候小弟小妹，馬車就向前開去。

那位表姊問她有沒有看完她最近寄去的書刊。洛蒂說：「沒有，我不喜歡；妳可以拿回去。妳上次寄的那一本也不高明。」我問她是什麼書，她的回答使我大吃一驚①。她的話頗有個性，隨著一字一句，發現她的輪廓更迷人，含有新鮮的智慧火花，因為她覺得我了解她，所以臉上漸漸煥發出喜悅的光彩。

她說：「少女時代我最愛小說。星期天坐在角落裡，全心分擔珍妮小姐的幸運與不幸，天知道我有多快活。我也不否認，這種傳奇小說對我還有部分的吸引力。但是現在我很少有時間看書，書本一定要對胃口才行。我喜歡的作家必須讓我再度發覺自己的世界，描寫我身邊熟悉的事情，故事要像我的家居生活一樣有趣，一樣令人同情，也就是說，寫的絕不是天國樂園，卻又充滿難言的福祐。」

聽到這些話，我盡量掩飾自己的激情。說真的，我做得並不成功，因為我聽她隨口談到偉克菲作家維卡和——②，卻說得對極了，我忍不住道出

胸中湧現的感覺，後來洛蒂轉向別人說話，我才發覺她們一直睜大眼睛坐在那兒，彷彿根本不存在似的。那位表姊不止一次用嘲笑的眼神打量我，對我卻起不了任何作用。

話題轉到跳舞的樂趣。洛蒂說：「如果這種情緒算是缺點，我也甘心承認：世間我最愛跳舞。我若有心事，只要在那架破鋼琴上敲出方塊舞的曲子，一切煩惱就不存在了。」

她說話的時候，我一直盯著她漆黑的明眸，她活潑的嘴唇和清新的丰采深深吸引了我的靈魂，我全神感受聆聽的喜悅，反而連她的話都常常聽不見了！——你了解我，這一點你必可領會三分。總之，我們在避暑別莊前停下馬來，我下了馬車，彷彿置身夢境，因為全心享受夜光下的美夢，音樂從燈火通明的大廳飄過來，我竟絲毫沒有感覺。

我們在馬車外碰到兩個名叫奧丹和NN——他能記住每一個人的名字——的紳士，也就是洛蒂和那位表姊的舞伴，他們分別照顧自己的女伴，我也陪我的舞伴上了樓梯。

我們隨著小步舞曲滑行，我先後和幾位女伴共舞，平庸的姑娘硬是沒有辦法換手跳完一圈。洛蒂

和她的舞伴領先跳一曲英國方塊舞，輪到她和我們一起跳這一圈的時候，你簡直想像不出我有多麼高興。你真該看看她跳舞的樣子！她好專心，全神貫注，整個身體一片和諧，無憂無慮，天真自然，彷彿世間的一切都不重要，彷彿她沒有別的思想和感覺，當然啦，這一刻在她眼中萬事都不存在了。

我請她跳第二支方塊舞，她答應陪我跳第三支，她用最迷人、最誠懇的態度對我說，她很喜歡德國式的跳法。她又說：「根據此地的習俗，每一對舞伴都要繼續合跳德國舞曲，但我的舞伴不喜歡華爾滋，我若免了他這頓苦差，他會感激不盡。你的女伴也不會跳華爾滋，而且不愛跳，剛才跳方塊舞的時候，我發覺你的華爾滋舞相當高明；你若想陪我跳德國舞曲，請你去和我的舞伴商量，我去問你的女伴。」我欣然應允，雙方很快就講好：跳華爾滋的時候，由她的舞伴陪我的舞伴靜坐聊天。

於是我們開始共舞，用各種方法交叉手臂，跳得高興極了。她的動作好迷人，好輕快！跳華爾滋的時候，舞者像行星般繞著對方打轉，因為行家不多，起先搞得亂糟糟的。我們小心翼翼，等他們自己跳累了再說，等動作最不靈光的幾對退出圈子，

我們才下場和另一對──奧丹及他的女伴──奮勇跳到最後。我從未跳得這麼輕鬆。我不再是凡人，早已登上仙境。懷裡擁著世間最迷人的姑娘，陪她像閃電般飛來飛去，四周的一切都停止生存──威廉哪，說實話，我發誓不讓我心愛的姑娘和別人跳華爾滋，就算我為此而毀滅，也在所不惜。你了解吧！

舞罷我們繞著屋子轉一兩圈，喘口氣兒。然後她坐下來，調製雞尾酒的時候，我偷了幾粒檸檬──也是僅存的幾粒──切片加糖拿給她，確實具有提神的作用。只是禮貌上我也不得不遞給她隔壁的小姐，她每次由杯中拿走一片，我就心疼得要命。

第三支方塊舞中，我們是第二對。舞過橫列時，天知道我多麼興奮，她靠在我的膀子上，我的眼睛一直盯著她的明眸，她眼裡閃出最誠懇的欣喜神色。我們舞向一位貴夫人，雖然她的面孔不再年輕了，她那同情的神采卻吸引了我的注意。她擦身滑過時，笑眯眯看看洛蒂，舉起威嚇的手指，兩度加強語氣說出亞伯特的名字。

我問洛蒂：「恕我冒昧，亞伯特是誰？」她正要回答，我們剛巧要滑出「8」字形舞步，不得不

分開，對面相錯時，我似乎看到她眉間略帶愁色。後來她伸手和我共行舞前舞後的遊步禮，她對我說：「我何必瞞你呢？亞伯特是一個有為的青年，我已經和他訂婚了。」這並不是新聞，因為馬車上小姐們已經對我說過了，但是這個消息對我卻是嶄新的，因為我根本不曾聯想到短短幾個鐘頭，她對我已經有如此重大的意義。夠了——我開始心亂如麻，忘記舞步，誤穿入別的舞伴群中，於是陣勢完全亂了，洛蒂只好全心全力恢復陣腳。

舞會還沒完，原先在地平線閃爍，我伴稱是幕電的閃光，愈來愈明顯，雷聲也蓋住了音樂。三位女士跑出舞陣，她們的舞伴連忙跟出去，大家亂作一團，音樂終於停止了。這是很自然的，我們的歡樂突然被意外事件或者可怕的事情所打斷，我們心中的印象一定比平時更強烈，一方面是對比太鮮明了，一方面也因為我們的感官更快感受到這層印象。幾位女士的表情都可以歸於這個原因。最聰明的一位坐在角落裡，背向窗戶，雙手掩住耳朵，另外一個人跪在她腳下，面孔埋在她膝前，第三位小姐硬擠在兩個人中間，珠淚漣漣抓緊她的小妹妹。有些人想駕車回家，有些人甚至更糊塗，不懂得避

少年維特的煩惱

開幾位喝了酒的紳士輕浮的舉止，這些傢伙似乎想從受難佳人的櫻唇間捕捉她們獻給上帝的呢喃燕語。有幾位先生下樓抽菸，女主人想到一個好主意，帶我們進入一個有窗帘和百葉窗的房間，剩下的人都欣然應允。我們一進屋，洛蒂就把椅子排成圓圈，讓客人就坐，並提議玩一個遊戲。

我看到好幾位先生噘起嘴唇，伸長四肢，等待甘美的懲罰。她說：「我們要玩計數遊戲，所以請大家專心。我從右向左繞圈子，你們各自計算輪到的數目，但是速度像星火，誰要猶豫或說錯，誰就得挨耳光，算到一千為止。」——真是快活的畫面。她伸出手臂繞圈圈。第一位叫道「一」，隔臨的人叫「二」，下一個叫「三」，以此類推。她愈轉愈快，愈轉愈快。有一個人沒說出他的號碼，啪！速度愈來愈快。我自己也挨了兩記耳光，我暗自欣喜，覺得她打我比別人更重些。還沒數到一千，遊戲就在哄鬧和大笑中結束了。她說：「最膽小的人都故作勇敢。」我跟著洛蒂進入跳舞廳，她邊走邊說：「打耳光的時候，他們把天氣和一切都忘得精光。」我不知道該怎麼回答才好。她說：「我就是最膽小的一個，我故作勇敢，給別人勇氣，自己也

壯膽不少。」我們走向窗邊，雷聲隆隆向遠方飄去，大雨傾盆，清新的香味隨著溫暖的蒸氣往上飄。她支肘而立，凝眸觀賞風景；又抬頭看看天空，再看看我，我發覺她兩眼含淚，把手擱在我手上，低聲呢喃——「克羅史托克！」（德國詩人）這個名字喚起的熱情完全將我淹沒了。我忍不住彎腰吻她的纖手，眼中充滿狂喜的熱淚。又抬頭盯著她的雙目——高貴的詩人啊！但願你不曾看出那眼神中的禮讚，但願我永遠不再聽到你被那人濫用的聖名！

①編者認為沒有必要在原稿中補進洛蒂評書的段落，免得招來任何人的不滿。其實，作家也不可能關心一個單純和憂鬱青年的評判。

②此處刪掉幾位德國作家的名字。和洛蒂看法相同的人讀到這幾句話，一定知道她是指誰。其他的人則沒有必要知道。

六月十九日

　　我不知道我的故事說到哪兒了。我只知道上床的時候已經凌晨兩點，若不是寫信，而能和你對談，說不定我會留你直談到天亮呢。

　　我還沒告訴你舞會結束返家的經過，今天我也沒有時間告訴你。

　　那天日出很可愛。眼前只見水滴滴的樹木和清新的田野。同伴都在馬車裡打瞌睡。她問我想不想睡，不必因為她在而感到難為情。我盯著她說：「只要我看妳的眼睛開著，就沒有瞌睡的危險。」我們都打起精神，最後馬車抵達她家門口，女傭和和氣氣來開門，並且向她保證：她父親和小傢伙一切安好，如今還睡得很熟呢。於是我告辭了，說我哪天要去看她，並且謹守諾言；從此太陽、月亮和星星逕自運轉，我根本不知道黑夜或白天，周圍的世界也完全不存在了。

六月二十一日

　　我過得很快樂，可比美上帝頒給聖徒的日子；無論將來的命運如何，我都不能說自己沒有享受過歡樂——生命中最純的快樂。你知道我的「瓦爾漢」村莊。我現在常停留該處。離洛蒂家只要走半個鐘頭，我覺得很自在，擁有人間一切的幸福。

　　我選「瓦爾漢」做為散步的目標，可曾想到它離天堂近在咫尺！長程散步途中，我常常眺望獵場小屋，如今那兒留有我的一切心願，有時候我從山丘往下看，有時候站在對岸的平原中。

　　親愛的威廉哪，我曾多次思索人類擴張、發掘、飄泊的渴望；又想著他自甘接受限制、遵守習俗、不思考左右的內在驅力。

　　我來到這兒，由山巔俯視可愛的村子，對四周的一切深深著迷，實在太妙了。那是小樹林！喔，但願你能融進那片涼蔭底！那是山峰！但願你能由那兒觀賞無邊的風景！綿延的山丘，親切的谷地！喔，但願我能沉迷在山谷裡！我匆匆趕到那兒，又回來了，沒找到我追尋的東西。噢！遠處的街景就像遙遠的未來！朦朦的一大片伸展在你眼前，我們

的七情六欲都融入其中，像視線一樣，我們恨不能獻出整個心靈，讓心中填滿一種偉大的情緒——噢！我們衝上去，遠處的那兒「變成」這裡，一切又如往昔，我們被自己的貧乏困住了，心靈卻渴望搆不著的那一口美味。

所以連最不安分的流浪者到頭來都會思念故鄉，會在自己的貧舍、妻子的胸懷、孩子群中和謀生的飯碗中找到他遊遍世界所找不到的幸福。

黎明我動身向「瓦爾漢」走去，在客棧花園裡摘取自用的碗豆，坐下來一邊讀荷馬的作品，一邊剝豆莢；然後到小廚房找鍋子，切下一片奶油，將豌豆擱在火上，蓋好鍋蓋，坐下來時時翻炒——這時候我活生生感受到神話中追求賓娜洛（《尤里西斯》的女主角）的英雄們殺豬殺牛，切片烤肉的豪情。我最能感受原始生活特有的誠懇、安詳的情緒。感謝上蒼，我竟能誠心誠意把它織入生活方式中。

我真高興自己的心靈能感受人類最單純、最天真的樂趣，他把自種的菜端上桌，享受的不只是菜，而且是一切美好的日子——他種菜的美麗清晨，他澆水的愉快黃昏，以及他看菜苗長大的歡喜。

六月二十九日

　　前天醫生由鎮上來看執達官，發現我在地板上和洛蒂的弟妹們玩耍，他們有的爬在我身上，有的逗弄我，我也逗他們，鬧聲喧天。醫生是一個拘謹的老頑固，邊講話邊弄褲子的摺痕，把深褶弄到肚臍眼的地方，他認為我這樣有失讀書人的體面，我看他仰起鼻子，就知道他的想法。但是我並不生氣，讓他採取自作聰明的想法，我則繼續堆疊孩子們推倒的紙板屋。事後他在鎮上到處發牢騷，說執達官的小孩已經夠沒教養了，維特那個傢伙還來寵壞他們。

　　不錯，威廉，世界上就數孩子們最接近我的心靈。我望著他們，由小傢伙身上看出他們來日少不了的一切德性和力量的根牙，由他們的倔強看出未來一切性格的毅力，由他們的任性看出未來一切化險為夷的心性和能力，一切都樸實無華，未遭破壞──我總是複誦上帝的金言，「除非你變成孩童中的一分子！」但是我們卻把他們當做次一級的人物，其實他們很像我們，我們應該拿他們當範本才對。大人還說他們缺乏意志呢！──那我們豈不是

一點意志都沒有了？我們的優越感有何根據？因為我們年齡大、智慧較成熟？上帝啊，祢看到大孩子和小孩子，如此而已！你的兒子耶穌早就宣布了祢最喜愛的真理。但是大家都不相信祂，不肯聽祂的──那也過時了，──於是他們照自己的形象塑造子女──再會，威廉，我不想再多談這個無聊的題目。

七月一日

洛蒂在病人心目中的分量，我自己深深體會得到，我的心靈比纏綿病榻的人更加淒苦。她要到鎮上住幾天，陪一位正直的女病人，醫生說她快要死了，希望臨終前洛蒂能在她身邊。上星期我陪她去拜訪S.T.村的牧師，小村在深山裡，要走一個鐘頭左右。我們大約四點鐘到達。洛蒂把她的二妹也帶去了。我一進入牧師公館的庭院，兩棵高高的橡樹綠葉成蔭，我們發現善良的老牧師坐在門前的板凳上，他一看見洛蒂，彷彿感染了新生命似的。他忘了多節的拐杖，想起立相迎，她跑上前去，扶他坐下，自己坐在他身邊，代父親問候他，並擁抱他最小的孩子——一個又醜又髒的少年，卻是老父晚年的心肝寶貝。你真該看看她如何贏取老人全心的注意，提高嗓門適應他半聾的耳朵，並且告訴他多少健壯的年輕人意外死去，形容卡爾斯巴多麼出色，並讚揚他明年夏天前往一遊的決心，還說她覺得老牧師氣色比上回見面時好多了，也愉快多了。我同時問候牧師太太。老人的心情愈來愈快活，我忍不住稱讚蔭涼的橡樹，於是他開始訴說那兩棵大樹的

歷史，不過談起話來稍嫌吃力。他說：「那棵老樹不知道是誰種的，有人說是一個牧師，也有人說是別人。年歲較輕的那一棵和拙荊同年，十月就滿五十歲了。她出生的那天早上，我岳父特別種下的。他是我的牧師前輩，就簡直說不出他多麼愛這棵樹；說實話，我自己也很喜歡它。二十七年前，我還是一個窮學生，第一次走進這個庭院，我太太就坐在樹下的木板上織毛衣。」洛蒂問起他的女兒，他說她和施密特先生到草地上看工人去了。然後他繼續往下說，說前任牧師和牧師千金都漸漸喜歡他，他起先擔任牧師的副手，最後終於繼承他的工作。他剛說完，他的女兒就和施密特先生由花園走來。她熱烈歡迎洛蒂，我必須承認：她也相當迷人。膚色淺黑，身材不錯，為人又活潑，我們在鄉下小停片刻，她不失為一個討人喜歡的朋友。她的愛人施密特先生馬上自我介紹，此人相當高尚，但是生性保守，雖然洛蒂一直轉向他，他卻無意參加我們的談話。我最難過的是：由他的表情可以看出，他不善交際，是因為任性和不高興，而不是智慧不足的關係。後來這種表情更加明顯，每當牧師千金法萊德莉走在洛蒂身邊或者偶爾靠向我，這位

先生棕色的臉龐就陰沉下來，洛蒂只好拉拉我的衣袖，勸我不要對法萊德莉太討巧。我最恨人們互相虐待，尤其年輕的男女本該最能接受生命巔峰的歡樂，卻以古怪的念頭來破壞難得的幾個快活日子，等到時機不再，後悔已經遲了。我實在惱火，黃昏我們回到牧師公館，在院子裡吃麵包浸牛奶，話題轉向世間的歡樂與悲哀，我忍不住掀起這個話題，熱烈攻擊嗔怒的罪過。我說：「我們常常抱怨說，幸福的日子太少，悲哀的日子太多，我想大家都錯了。如果我們的心靈隨時能享受上帝每天給我們的恩寵，不幸來臨時，我們也應該有足夠的力量來承擔。」牧師太太回答說：「但是我們控制不了自己的本性，一切都和身體有關！我們不舒服的時候，什麼都不對勁。」我承認這一點：「那麼我們就把它當做一種毛病，查查看是不是無藥可救。」洛蒂說：「這倒值得斟酌，至少我相信事在人為。我由自己的本性得知這一點。我若擔心什麼事情，心境眼看要灰暗下來，我就在花園裡走來走去，唱幾首方塊舞組曲，疑慮馬上就消失了。」我回答說：「我要說的就是這句話。嗔怒和懶惰差不多，其實它就是懶惰的一種。我們的本性很容易那樣，但是我

們只要有力量自我把持，工作便輕而易舉完成了，我們也從活動中找到真正的樂趣。」法萊德莉很注意聽，她的愛人反對人能控制自己的說法，尤其不可能控制自己的情緒。我說：「我們現在是指不討人喜歡的情緒。人人都想擺脫它，除非親身試過，誰也不知道自己的力量是大是小。病人不惜找遍名醫，絕不放棄最大的試驗，最苦的藥品，想尋回他渴望的健康。」我發現老牧師用力聆聽，想加入話題，於是我提高嗓門對他說：「大家都布道反對許多罪惡，但是我從來沒聽過牧師指責嗔怒的情緒。」①他回答說：「城裡的牧師應該這麼做，鄉下農夫難得心情不好。偶爾說說也無妨，至少可以給我們的妻子一點教訓──執達官更不用說了。」大家忍不住笑出聲，他也開懷大笑，最後竟咳嗽起來，話題一度中斷，後來那位年輕人又舊話重提，「你說嗔怒是一種罪過，我認為太誇張了。」我宣稱：「如果嗔怒指的是傷害自己和親人的情緒，我的話一點也不誇張。我們不能讓彼此快活，這還不夠嗎？一定要剝奪各自心中偶爾體會的樂趣？我倒想知道有誰心中嗔怒，還能好心隱藏起來，自己默默承擔，不破壞身邊親友的快樂。嗔怒不是內心討厭自

己的卑微，對自己不滿，再加上自負所激起的嫉妒嗎？我們看到別人高興，又不是因我們而高興，就無法忍受了。」洛蒂看我說得慷慨激昂，不禁對我露出笑容，法萊德莉滿眼淚光，促使我繼續說下去。我說：「那些濫用情感來破壞別人心中單純樂趣的人，未免太可悲了。世上所有的禮物，所有的好心，都不能取代一位暴君的醋火所毀掉的片刻歡樂。」

此刻我心中感慨良深，太多太多往事的回憶湧入心靈，不禁滿眼含淚。

我大叫說：「但願人們每天想道：你除了和朋友同歡，增添他們的快樂幸福，你根本不能為朋友做些什麼。他們的靈魂被激情所困擾，傷心欲絕的時候，你可有能力來安慰他們？當致命的疾病攻擊你當年的青春伴侶，她輾轉反側，舉目問天，眉頭冷淚淋漓，你卻只能呆立在床畔，像地獄中的罪人，內心深悔自己無能為力，恨不得犧牲一切，好在垂死者身上注入一絲活力，一絲勇氣。」

我說這些話，不覺想起以前親身經歷的一個場面，往事歷歷如繪。我掏出手帕來擦眼睛，匆匆離席而去。只聽到洛蒂對我說，我們該走了，我才恢

復平靜。回家的路上，她責備我凡事都太關心了，說我會因此毀了自己，要我別再自我折磨！——喔，安琪兒，我一定要為妳活下去！

①瑞士詩人神學家拉瓦特有一篇傑出的佈道文討論這個問題，收在《約拿書》佈道集裡。

七月六日

　　她還在照顧奄奄一息的朋友，永遠那樣虔誠，那樣可愛，不管走到哪兒，都能輕減痛苦，傳播快樂。昨天傍晚她帶瑪麗安妮和小愛蜜麗去散步。我知道了，就趕去迎接她們。一個半鐘頭後，我們返回鎮上，來到我最珍惜的泉水邊，洛蒂坐在泉畔的牆頂，清泉在我眼中更可貴千萬倍。我看看四周，啊！以前我心孤寂的日子又活生生回到腦海中。我說：「心愛的泉水啊，從此我就不再享受你的涼蔭，老是匆匆走過，看都不看一眼。」我低頭一望，愛蜜麗正端著一杯泉水爬上階梯。我看看洛蒂，覺得我實在少不了她。這時候愛蜜麗端著玻璃杯走過來，瑪麗安妮伸手去接，小傢伙帶著甜蜜的表情大叫說：「不！不，洛蒂，我要妳先喝！」我看她的口氣那麼誠懇，那麼純真，不禁深深著迷，我無法表達心中的情緒，只管摟住小傢伙拚命狂吻，惹得她尖叫大哭。洛蒂說：「這你就不對了。」我張皇失措。她說：「來吧，愛蜜，」說著拉起小傢伙的纖手，領她走下臺階，「快，到流泉中洗洗臉，不妨事的。」我站在那兒，看小傢伙忙著用一

雙濕淋淋的小手揉搓面頰，看她滿心相信奇妙的泉水會洗去一切污痕，免得長出醜陋的鬍鬚；甚至洛蒂說：「夠了！」她還洗個不停，彷彿多洗總比少洗來得好些——威廉哪，告訴你，我對「洗禮」從未這麼虔誠過。洛蒂上來的時候，我恨不得拜倒在她跟前，把她當做用聖水洗盡民族罪愆的先知。

那天晚上我滿心歡喜，忍不住把這件事告訴一個人，他頗有常識，我以為他一定對人性相當了解。天知道！他竟說洛蒂不應該對兒童說這種故事，因為這一類的故事會造成各種誤想和迷信，兒童早年應該盡力避免。但是，我想起他有一個小孩上週才受洗，所以我沒說什麼，默默執守自己的信念：上帝怎麼待我們，我們就該怎麼對待孩子。——祂讓我們徜徉在迷人的幻境中，那一瞬間我們最幸福不過了。

七月八日

我們真是小孩子！渴望愛人的一瞥！我們真是小孩子！我們到「瓦爾漢」村莊去了。女士們駕車出遊，散步的時候，我以為看到了洛蒂的黑眼珠——原諒我，我真傻，不過你真該看看那一雙明眸。總之，我幾乎無法睜開眼，女士們上了馬車，年輕的 W.薩爾斯特、奧丹和我站在四周。她們隔著窗戶和那幾位粗率又輕浮的傢伙聊天。我搜尋洛蒂的明眸！啊！那雙眼睛正逐一瞥視每一個人，看我呀！看我呀！看我呀！我站在這兒，全心注意她，那雙明眸卻不落下來！我心裡和她說了一千聲再見！她卻沒看見我！馬車開走了，淚水浮上我的眼眶。我目送她離去，只見洛蒂的高髻伸出窗外，她回顧後方。噢！是看我嗎？——我一直思索這個問題！這是我的一大安慰呀。也許她回頭就是要看我。也許吧——也許！噢！我真幼稚！

七月十日

　　朋友們提到她的時候，你真該看看我露出多麼愚蠢的傻相。還有別人問我喜不喜歡她的時候——喜歡！我討厭這個字眼。誰要是喜歡洛蒂，整個腦袋、整個心靈卻不完全為她傾倒，那他不知道是怎麼樣的人。喜歡！前幾天還有人問我喜不喜歡古詩人奧西安呢！

七月十一日

　　M太太病勢沉重。我為她祈禱，因為我要和洛蒂分擔哀愁。我難得在朋友家與她會面，今天她談起一件奇蹟般的妙事。老M是守財奴，一輩子把太太管得服服貼貼，她也始終克勤克儉，維持家用的開支。前幾天，醫生說她已經無望了，她把丈夫叫到跟前，洛蒂也在場，她告訴丈夫：「我要招認一件事情，我死後你也許會因此而心亂和懊惱。我一直盡量節儉持家，但是你會原諒我騙了你三十年。我們剛結婚的時候，你給我一點小錢買食物，支付家庭開銷。我們家人口增加，生意也擴大了。我要你多給一點家用錢，應付新起的情況，你總是不肯。總之，你明白我們開支最大的時候，我一週還得用七個金幣維持開銷。我接受這筆錢，毫無異議，然後每週抽出進帳的餘額，反正誰也不會疑心你太太從抽屜裡拿錢花。我從來不浪費，就算我不說出這件事，我也可以安心走向天國，只是我怕下一個替你管家的人無法平衡收支，而你還堅持前妻可以辦到，所以我才告訴你。」

　　我和洛蒂談到人心的錯覺，真不可思議，七個

金幣的兩倍數目才能維持的開銷，他竟渾然不覺得詫異。不過，我也見過家裡彷彿有寡婦的罐子（無盡藏）①卻絲毫不感到吃驚的人。

①語出《聖經·列王紀》上篇。

七月十三日

　　不，我不是騙自己！我由她的黑眼珠看得出來，她對我本人和我的命運都非常關心。是的，我覺得（這方面我可以信賴自己的心靈）她——噢！我能道出這些話中所存在的天國美景嗎？——她愛我哩。

　　愛我！這個念頭使我萬分得意！我多麼——也許我可以向你傾訴，因為你能同情這種情感——既然她愛我，我對自己多麼崇拜。

　　管它是真相的臆測或認知——我不認識洛蒂心中和我爭寵的男人。然而——她用無限的熱誠、無限的情感來形容自己的未婚夫，我的心情就像失去榮譽和尊嚴的武士，不得不棄劍投降。

七月十六日

　　喔，我的手指偶然碰到她的纖手，我們的雙足偶爾在桌下相碰，我頓時熱血沸騰。我連忙縮回來，彷彿面臨火焰一般，一股奧妙的力量又推我上前。整個人都恍恍惚惚的。噢！她天真爛漫，她純潔的心靈看不出這些親暱的小動作給我帶來多大的折磨。我們邊談話，她邊把手擱在我手上，愈聽愈有興趣，身子漸漸靠過來，她神聖的氣息吹送到我唇邊──我覺得自己像遭到雷轟，眼看就要倒地了。威廉哪，我若有膽量──不，我心居然如此卑鄙！意志薄弱，真夠薄弱？這難道不是墮落嗎？

　　她在我心目中神聖不可侵犯。當著她面前，一切欲念都化為烏有。和她在一起的時候，我從來不知道自己是什麼感覺；彷彿靈魂都隨著神經而旋轉。她常彈奏一首小曲，指法像安琪兒似的，曲調簡單又富於靈氣。那是她心愛的歌曲，只要她彈出第一個音符，我的困惑和憂鬱就完全冶好了。

　　我不難相信古代音樂魔力的故事。這首簡單的小曲多麼令我著迷！她又善選彈琴的時間，往往在我恨不得拿一顆子彈射進腦心的時候，她就彈奏起

來！我心中一切的紛亂和煩惱都煙消雲散，呼吸也
自由多了。

少年維特的煩惱

七月十八日

　　威廉，沒有了愛情，世界對我們的靈魂又有什麼意義呢？等於沒有燈心的魔術燈籠。你一插上燈心，多采多姿的畫面就出現在白幕上。就算一切只是過眼雲煙，當我們像稚童般站在幕前，為美妙的畫面而傾倒，至少會覺得快樂。今天我被一個躲不開的約會絆住了，不能去看洛蒂。我怎麼辦呢？我派小僮出門，只希望身邊有人今天曾在她左右。我焦急地等待小僮回來，看到他真高興！要不是難為情，我真想擁抱他。

　　據說波洛納奇石放在太陽下，可以吸收陽光，晚上能發出好一段時間的光亮。這名小僮的情況也是如此。一想到洛蒂的眼睛曾望著他的臉孔，他的雙頰，他的大衣鈕釦，他的衣領，我覺得這一切都顯得好神聖，好珍貴，此刻人家就算出一千塔拉（德國銀幣，一塔拉等於三馬克），我也不肯出讓這名小僮。在他跟前我覺得好開心——願上帝保佑你不要笑我。威廉哪，是不是幻影才讓我們那麼快樂？

七月十九日

　　我每天早上一醒來，凝視光輝的旭日，忍不住大叫說：「我要去看她！」「我要去看她！」整天也沒有進一步的願望。一切一切都融入這個期望中。

七月二十日

　　我還沒有接受你的建議，陪大使到××地方。我不喜歡紀律，而且我們都知道他是一個很難相處的傢伙。你寫信說，家母想看我有事可做？我不覺大笑出來。我現在還不忙嗎？我算的是豌豆還是扁豆，本質上不都是差不多？畢竟世上的一切都止於虛空，一個人為別人——卻不是自己的雄心——而筋疲力盡，只求得到財富、尊嚴或者其他東西，簡直是傻瓜嘛。

七月二十四日

既然你一心要我別忽略繪畫，我還是什麼都不要說好了，總比承認我很少動筆來得好些。

我一生從來沒有這麼快活過，對大自然的一石一草也從來沒有這麼全心共鳴過，但是——我不知道該如何表達，總之我的知覺力相當軟弱，一切都在我心靈間漂浮、顫動，所以我無法抓住大綱；但是我想，我若有黏土或白蠟，也許能塑出成品來。這種情況如果再繼續下去，我會找一些黏土來塑像，就算只是做出泥餅，也沒有什麼關係。

我三度著手畫洛蒂的肖像，每次都弄得一團糟，因為以前我畫得不錯，所以更覺惱火。後來我剪出了她的側影，只好到此為止。

七月二十六日

　　我常常下決心不要頻頻探訪她。我若能堅守決定就好了！每天我都忍不住前往，並鄭重宣布第二天不去，次晨天一亮我又找到一些抵制不了的理由，不知不覺走到那兒。要嘛就是她前一天晚上說：「你明天會來吧？」（這種情形下誰能不去呢？）──要不然就是天氣太好了，我散步到「瓦爾漢」村莊，那兒離她家只有半個鐘頭的腳程。離她太近──一眨眼就到了。我祖母曾說過一個磁山的故事。船隻走太近，會突然失去金屬製品，釘子都向磁山飛去，受難者就隨著斷木殘骸沉到大海裡。

七月三十一日

亞伯特回來，我該走了。就算他是最高貴的好人，我打算完全讓開，看他在我面前占有如許完美的安琪兒，我還是受不了的。占有！——夠了，威廉，她的未婚夫回來了。一個高尚隨和的人，誰都忍不住喜歡他。洛蒂歡迎他的時候，幸虧我不在場。否則我心弦將為之碎裂。他人品高尚，我在那兒，他從來不親吻洛蒂。願上帝獎賞他！他對小姐們彬彬有禮，我不得不敬愛他。他對我滿懷善意，不過我懷疑是洛蒂的意思，不是出於他的本性。因為這方面女人比較細心，而且理當如此。她們若能使兩個崇拜者相安無事，對自己總有好處，只是不太容易實行罷了。

同時我也不吝於向亞伯特表示敬意。他冷靜的外表和我坐立不安的性格形成鮮明的對比，我無法掩飾自己的不安。他是性情中人，知道自己在洛蒂心目中的分量。他難得不高興，你知道，嗔怒是我最討厭的缺點。

他把我當作有見識的人。我對洛蒂的情意，對她的一舉一動都覺得喜歡，這反而加強了他的勝利

感，他對我始終充滿友情。他私下會不會偶爾吃醋，我可不敢說。反正，我若處在他的立場，絕不會心裡毫無芥蒂。

儘管如此，我和洛蒂相聚的快樂卻完全消失了。我該說這是愚蠢還是迷戀呢？叫什麼名字又何妨？事情本身再明顯不過。亞伯特沒來之前，我早已知道眼前的結果。我知道她不是我的人，我也不想占有她，也就是說，她擁有如許魅力，我卻可以邪念不生。如今另外一個人回來了，要把她搶走，這個可笑的傢伙才睜亮了眼睛。

我咬牙切齒，笑自己苦命，更嘲笑那些勸我事情無望、應該認命的傢伙──這些傢伙給我滾蛋！──我在樹林中徘徊，走到洛蒂家，亞伯特正陪她坐在花園的涼棚裡，我再也走不下去了，忍不住露出誇張的言行，故意裝瘋賣傻。今天洛蒂對我說：「老天，我求你！別再表演昨天晚上那一幕了！你亂來的時候，實在很嚇人。」告訴你一個祕密，我悄悄等他有事出門，快！快！我一瞬間就趕到那兒，看她一個人在家，我總是開心得很。

八月八日

　　威廉，拜託，我信上說：「那些勸我認命的傢伙給我滾蛋。」我並不是說你。我真的沒想到你會有這種想法。本質上你說的沒錯。只是有一點，摯友啊！世上的事情很難用「要嘛就……否則就……」來處理，因為人的情緒和行為有許多等級，正如鷹鉤鼻和朝天鼻之間還可分為許多階段，不能通通納入兩類中。

　　所以，我若承認你的整個論點，卻想在你的「要嘛就……否則就……」之間另擇一條小路，你不會誤解吧。

　　你說，我若非有希望得到洛蒂，就是完全無望。好！若是前者，我必須努力實現夢想，完成心願；若是後者，我該振作起來，擺脫不幸的情感，免得白費心力。吾友，這句話說得好極了，而且──說得很輕鬆。

　　你能不能要求一個身患隱疾而且生命已逐漸衰退、無可挽回的人？你能不能要求他用匕首來結束自己的苦難？耗盡他精力的疾苦不是也同時剝奪了他自求解脫的勇氣嗎？

當然你可以用同樣的諷喻來回答我──誰不願切除一隻手臂，而寧願猶豫不決枉送性命呢？我不知道。我們別用寓言來攻擊對方吧。夠了……不錯，威廉，我常常勇氣頓生，那時候我若知道方向，也許我會走的。

八月十日

　　我若不是傻瓜，必可過著快樂幸福的日子。人類很少處於我現在這種有利的情形，可以培養心靈的喜悅。啊！唯有我們的心靈能負責自己的快樂，這話一點也不假。成為這個迷人家庭的一分子，被老先生視為子姪，被小傢伙看成父兄，而且被洛蒂……如今這位高尚的亞伯特，他從來不顯出慍怒來干擾我的幸福，他誠心誠意把我當知交，除了洛蒂，世上就數他最關心我。威廉哪，我們談到洛蒂的時候，聽我們說話可真是一大享受呢。世上最可笑的莫過於這種關係，但是我卻常常感動得流下淚來。

　　他提到洛蒂正直的母親，說她臨終把家庭和子女都交給洛蒂照管，又將洛蒂的終身託付給他，從此洛蒂就感染了一股新氣質，她關心家人，等於身兼母職，無時無刻不忙著付出愛心，卻從未失去愉快的心境。我和他一起散步，摘取路邊的花兒，仔細紮成花束，然後——投入潺潺的溪流，看花兒慢慢漂走。我不知道有沒有告訴你亞伯特要住在這兒，接受伯爵手下一份高薪的工作，他在該處人緣

極佳。我很少看到做事那麼井井有條、那麼勤奮不懈的人。

八月十二日

亞伯特一定是最傑出的男子。昨天我們之間出現一個頗不尋常的畫面。我想騎馬入山，便到他家去辭行，這封信就是在山裡寫的。我在屋裡踱來踱去，突然看到兩把手槍。我說：「你的手槍借我旅途防身吧。」他說：「沒問題，只要你不怕麻煩，自己裝子彈；我只是留著做做樣子。」我取出其中一把，他又說：「自從我小心謹慎，反而惹下大麻煩，我就不想再碰這個玩意兒了。」我非常好奇，想聽聽事情的經過。他對我說：「我到鄉下一位朋友家小住三個月，隨身帶了一把空手槍，睡得非常安穩。有一天午後下雨，我懶洋洋坐著想心事，不知道為什麼突然覺得我們會受攻擊，也許用得著手槍，而且──你知道我指的是哪一類的事情。我叫傭人擦槍上子彈。他和女傭鬧著玩兒，想嚇嚇她們，天知道怎麼回事，手槍走火，通條射出來，打穿了一位女傭的右手大拇指，血肉模糊。我悔恨交加，還得付手術費，從此我的手槍就沒裝過子彈。親愛的朋友，預防措施又有什麼用呢？一個人防範不了每一道危機。我確信……」你知道，他不說

「我確信」的時候，我非常喜歡這個人，事實上不是每一道通則都有例外嗎？但是他急著證明自己的主張，所以每當他自以為說了一句莽話，立下一道總則，或者道出了部分的真理，他總是修改、潤飾、增添或刪減原先的話，最後原來的論點幾乎完全不能成立。這次他滔滔不絕大談這個題目，最後我再也聽不下去了。心情不禁憂鬱起來，把槍口對準右太陽穴。亞伯特奪下手槍說：「來！這是什麼意思？」我說：「手槍又沒上膛。」他焦急地逼問道：「就算沒上膛，這個動作又代表什麼？我簡直想像不出一個人竟會蠢得用手槍自戕。光是這個念頭就叫人噁心。」

我大叫說：「為什麼你們這些人談到任何問題都愛說：『這個愚蠢，那個聰明；這個好，那個壞！』這些話有什麼意義呢？你可曾找出一個行為的內在情境？你能確實斷定它發生的原因，注定要發生的理由嗎？你如果這樣做，就不會輕易下斷言了。」

亞伯特說：「你總得承認，有些行為不論動機如何，本身都是邪惡的。」

我聳聳肩，承認這一點。「但是，親愛的朋

友，」我繼續說：「就算這種情形也有例外吧。雖然偷竊是罪惡，但是一個人若偷東西來糊口，免得自己和家人餓死，他是罪有應得，還是值得同情呢？一個男人若義憤填胸，殺死不貞的妻子和下賤的姦夫，誰有資格丟第一塊石頭來砸死他？誰又有資格砸死為愛失貞的少女？就連我們的法律——那些冷血的腐儒——也有人情味，盡量減輕刑罰。」

亞伯特說：「那是另外一回事，因為被激情沖垮的人早已失去一切思考的能力，和醉漢或瘋子差不多。」我笑著喊道：「喔，你們這些有理性的人！激情！酒醉！瘋狂！你們這些道德的動物，自己靜立在那兒，一點同情心都沒有，指責醉漢，憎惡別人缺乏理性，像牧師般不睬走過去，像偽君子般感謝上帝沒有讓你變成醉漢中的一分子。我曾醉過不止一回，我的激情和瘋狂差不了多少，這兩件事我都不感到遺憾，因為我多多少少了解到，所有做大事的不凡人物都曾被視為醉漢或瘋子。

「但是在日常生活中，聽大家說某人做了一件慷慨、高貴、出人意外的事情，又批評他『那傢伙瘋了』或者『那傢伙醉了』，實在很難忍受。你們這些理智的傢伙真可恥！你們這些聖人真可恥！」

亞伯特說：「這是你的另一項奇癖，你一切都誇張其辭，至少你將我們討論的自殺比為高超的行為就大錯特錯，自殺只能說是軟弱，因為結束生命比勇敢承受痛苦的一生要容易多了。」

我準備拂袖而去，因為世上最讓我為難的爭論莫過於我吐露真言，對方卻說出一堆陳腔濫調。但是我忍耐下來，以前我常常碰到這種情況，而且非常惱火，我就熱烈反駁說：「你說自殺是軟弱的行為？請你不要被外表瞞住了。當一個民族在暴君的桎梏下呻吟，全民終於起而掙斷枷鎖，你能說這是軟弱嗎？一個人看到自己的房屋著火，驚駭交加，終於使盡全力，挑起他平日寸步難移的重擔——一個人受到欺侮，盛怒之下單手對抗五六個敵人，並且將他們制服——這些是不是都算軟弱呢？朋友啊，如果使出力量算是堅強，為什麼壓力過度就算軟弱呢？」

亞伯特看看我說：「別誤會，不過你用的例子我覺得文不對題。」我說：「也許吧，常常有人說我的辯論法近乎荒謬。那我們看看能不能描寫一個人決心拋除生命重擔時的心境，生命大體上很討人喜歡，除非我們經歷過他的情感，否則我們無權討

論這件事。」

我接著說：「人性自有它的範圍；可以忍受歡樂、悲哀和痛苦到某一個程度，過度就承受不了。

「因此，問題不在於一個人是強是弱，而在他能不能忍受道德或身體上的痛苦。我覺得，說一個自殺的人是懦夫，未免太過分，就像我們說一個發高燒而死的人是懦夫一樣不恰當。」

「謬論，完全是謬論，」亞伯特叫道。我回答說：「不如你想像中那麼荒謬。你得承認，身體的本質受到嚴重的感染，部分力量耗失，部分癱瘓扭曲，無論如何都不能恢復正常的生命程序，我們就說這是致命的疾病。」

「好，我們就把這個現象用到心靈中。我們來看看人類如何受限制，如何被印象感染，被觀念迷住，最後一股漸增的激情剝奪了他一切靜思的能力，使他悲哀煩惱。

「一個冷靜、理智的人想看出這位悲慘仁兄的心境，用說服的語氣和他交談，結果毫無收穫，正如一個健康的人無法把自己的活力注入病患身體中。」

這些話在亞伯特聽來未免太廣泛了些。我向他

提起一個最近投水自殺的姑娘，並摘述了她的故事，「一個可敬的少女，從小就在家僕的小圈子裡長大，沒有什麼消遣，只有禮拜天穿上她慢慢積蓄買來的好衣裳出去散步。來往的都是家境相同的少女，大假日偶爾參加舞會，或者和鄰居閒聊一兩個鐘頭，談些吵架或東家長西家短的閒話；她熱情的本性感受到內在的需求，男士的甜言蜜語更加深了她的渴望。她愈來愈覺得以前的消遣枯燥乏味，最後她認識一個男人，不自覺被他所吸引，她將一切希望投在此人身上，忘記身邊狹窄的世界，除了他什麼都聽不到、看不到、感覺不出來，除了他什麼都不想。她的心願未遭到虛榮浮華的破壞，直接要求滿足；她要屬於他，要在水乳交融中找到她一生錯過的幸福，要體驗她一生渴望的各種歡樂。海誓山盟加強了她一切的希望，大膽的撫摸強化了她的欲念，她整個人都被牢牢圈住了；她處在幸福的半昏迷狀態，加上至高喜悅的預感，最後她終於伸出雙臂擁抱她的欲念——然後被愛人遺棄了。她驚駭交加，神智不清，站在深淵邊，四周一片黑暗，未來的希望和安慰都化為烏有，因為他已經棄她而去，她的生命卻只和他緊緊相連。她看不見眼前的

世界，看不見可以代替薄情郎的親友，她覺得自己孤獨無依，整個世界都棄她而去。於是她在心靈痛苦的壓力下，淒然投水自殺──亞伯特，很多人的遭遇都是如此。告訴我，這和病人的情形不是很相似嗎？天性找不到迷宮的出路，個人只好一死了之。

「可嘆有些人還說：『傻姑娘！她若肯等待時間的治療，絕望就會減輕，說不定有別的男人會來給她安慰。』那就等於說：『傻瓜！居然發燒死掉！他若等到體力復原，體液調整，血脈恢復正常，一切毛病都會痊癒，說不定他今天還活著呢！』」。

亞伯特還不肯接受我的比方，一直提出異議，說我只舉一位單純少女做例子；他想知道一個生活圈子較廣，更懂事物關係的理智人物又有什麼藉口自尋死路。我大叫說：「朋友啊，人就是人，當激情氾濫，他被人性的缺點壓迫時，他擁有的那一點推理能力根本派不了大用場。還不如──下次再談吧！」我說著就拿起帽子。噢！我感慨萬千。我們就此告別，彼此都不了解對方。一個人要了解世上的另一個人，真是太困難了。

八月十五日

　　除了愛情，世上沒有一樣東西是不可缺少的，這一點無庸置疑。我覺得洛蒂不肯失去我，孩子們也認定我每天早晨都會回去。今天我出去為洛蒂調琴弦，但是我根本無從下手，因為孩子們要求我說一個神仙故事，洛蒂本人也要我順從他們的心願。我切麵包給他們當晚餐，現在他們對我幾乎和洛蒂一樣熱情，就欣然由我手中接去了。我還說了他們最喜歡的故事，故事中的公主有很多手下伺候。我告訴你，這段插曲給了我不少啟示，沒想到小孩子印象那麼深。因為我常常得捏造一段情節，下一次往往忘得精光，他們馬上告訴我和上回講的不一樣，所以我現在只得呆呆板板複誦一遍。由此可見，一位作家再版時若改變故事，無論由藝術觀點看來改進了多少，一定會破壞原書的效力。第一次的印象最深，人類天生肯相信最誇張的情節；但是這些印象馬上深印腦海，誰若想抹除這些印象，他就有苦頭吃囉。

八月十八日

　　一個人快樂的成因竟變成痛苦的泉源，這是不是命中注定的？

　　我心緒澎湃，熱烈同情大自然，她曾給我如許的幸福，把周圍的世界變成天國的樂土，如今那份共鳴卻變成難以忍受的折磨，痛苦無時無刻不縈繞我心。以前我常站在岩石上，瀏覽對岸遠山的肥沃幽谷，我看到四周的一切都萌芽、湧現，山腳到山巔布滿高高的喬木，各種蜿蜒的山豁都罩著怡人的森林，小河慢慢在蘆葦叢中流過，映出晚風吹拂的雲影；我聽到鳥兒喚醒森林，無數小蟲在紅色的落日餘暉下翩翩起舞，夕陽最後一道顫抖的光線驚醒了草地上鼾睡的金龜蟲，而四周颼颼的生命使我注意地面，苔蘚由堅硬的岩石吸取養分，金雀枝在不毛的沙地下成長，在在都顯示出大自然內在勃發、神聖的生命——我把這一切盡收入心底，迷戀它無止盡的生機，無邊世界的光輝形體也在我靈魂中悸動。高山包圍我，峭壁橫列腳下，溪流潺潺不息，小河在腳底流過，森林和小丘更發出迴響。由地球深處交織的創造工作，我看出一切深不可測的威

力。地面和天邊擠滿無數的生命。每一樣都衍生出一千種形體，人類卻躲在小屋中，安心用自己的方法來統治廣大的宇宙。可憐的傻瓜啊！因為你自己那麼渺小！就把一切都看得微不足道。從無法超越的高山，橫過沒有足跡踏過的荒野，直到海洋盡頭，上帝的氣息活生生布滿各地，祂為每一粒存在的塵埃而歡喜。我多少次渴望乘著白鶴的翅膀，由天空飛向浩瀚的大洋，一口喝乾無邊海水膨脹的生命喜悅，讓受困的靈魂力量因造物主的一滴福佑而得以伸展，哪怕只是一瞬間，於願已足。

老兄，唯有回憶那些時光能帶來心靈的安樂。就算努力用筆來表達那些難言的情緒，我也會欣喜欲狂，事後卻加倍感受到眼前的痛苦。

彷彿一道布幕由靈魂中拉起，永生的畫面在我眼前化成永遠開展的墳墓的深淵。你能說這就叫：萬事無常，一切都如朝露閃電，只有少數能忍到生命耗盡，大多數都被潮水沖走、沉沒或被岩石撞得粉碎？你和你擁有的一切無時無刻不漸漸消耗，你無時無刻不在毀滅某一樣東西，而且必然如此。最純真的散步往往殺死無數小生命，一舉腿就毀掉一個螞蟻小邦苦心的建築，把小世界化為可恥的廢

墟。我動心的不是世上偶爾出現的大災禍，沖走村莊的洪水，吞噬城市的地震。侵蝕我靈魂的是宇宙自然潛在的消耗力，它造出的每一樣東西，都會危害鄰居和自己。於是我在痛苦中搖擺前進，被地球、天空和大自然的一切設計能力所包圍。我只看到一個怪獸，它永遠吞吃萬物，永遠在反芻。

八月二十一日

早晨我由噩夢中驚醒，伸臂尋她，卻空空如也。晚上我做了一個幸福的美夢，見自己和她並坐在綠草間，摟住她的頭顱，印上一千個熱吻，醒來四處尋她，卻不見伊人。喔！我睡得正香，伸手找她，終於驚醒了，一串熱淚湧出受挫的心靈，為悲慘無望的將來而啜泣不已。

八月二十二日

　　威廉哪,我境遇奇慘!我一切的精力都化為不
安的懶散。我閒不下來,卻又無法從事任何工作。
我沒有想像力,對自然興趣索然,一看到書本就討
厭。我們失去自己,就什麼都失去了。說真的,有
時候我但願能做勞動者,每天一醒來就有一些方
向,一些衝勁,一些展望。我常常羨慕亞伯特,我
看他埋首文件堆中,就假裝自己和他易地而處。我
不只一次突然想寫信給你和那位大臣,應徵那一份
你保證會錄取的公使館職位。我也深信會錄取。那
位大臣一直很喜歡我,常常勸我找一份工作。我忙
著想這件事情,足足想了一個鐘頭左右,後來我一
想再想,不禁想起一匹馬的寓言,牠過膩了自由的
日子,甘心套上馬鞍和馬轡,終於被人驅趕至死。
我不知道該怎麼辦才好,不管我走到哪兒,也許我
還是焦慮不安,照樣想再換環境吧?

八月二十八日

　　真的，我的毛病如果有救，這兩個人就能治好我了。今天是我的生日，一大早我便收到亞伯特的一包禮物。打開一看，我立刻瞥見一個粉紅色的蝴蝶結，我和洛蒂初識，她曾結在胸口，後來我向她要過不只一回。包裹內還有兩冊十二開本的小書，是韋特史丹版的荷馬名著，我常常想買，免得散步時抱著又厚又重的俄內斯提版本。你看！他們事先猜出我的願望，他們想起各種友善的小服務，比那些出自虛榮，只讓我們感到屈辱的光輝厚禮更叫人感激千倍。我一千次親吻那個蝴蝶結，每一次呼吸都飲下舊日一去不再來的欣喜回憶。生命的花朵只是海市蜃樓。真的，威廉，不是我發牢騷。多少名花凋謝，不留任何形跡；結出果實的少之又少，果實成熟的更少了！但是留下的已經足夠，但——噢，老兄！我們豈能冷落成熟的果實，讓它白白凋零腐爛？別了！夏日很迷人，我常坐在洛蒂園中的果樹堆裡，用長竿採擷最高枝的梨兒。她站在樹下，等著接受我採擷的成果。

八月三十日

　　我真是愚蠢的可憐兒！我不是騙自己嗎？這一切無邊的熱情又有什麼意義呢？除了對她，我已不能祈禱；除了她，眼中不曾出現任何形影；看到身邊的萬事萬物，我只聯想到她。這一切帶給我不少快樂的時光——最後我不得不忍痛告別。噢！威廉，我的心靈常慫恿我往何處去啊！我和她對坐兩三個鐘頭，眼睛盯著她的形體，她的丰姿，聆聽她唇邊發出的神聖語句，這時候我的感官漸漸拉緊，淚眼模糊，簡直聽不到她的話，彷彿有一位刺客掐住我的喉嚨似的，心臟猛跳個不停，想舒展壓抑的感官，卻反而加深了感官的紛亂——威廉，這時候我簡直不知道自己是不是活在人間！然後，如果憂鬱不占上風，洛蒂不讓我把眼淚滴在她手上，給我一些可憐的安慰，我只好衝出門，在原野中逛來逛去，或者爬上一座陡坡，闖過一片沒有出路的森林，被樹籬和荊棘刮傷，自得其樂。這時候我才覺得好過些！有時候我倒在路上，又累又渴，夜色一片死寂，滿月在頭頂飄來飄去，或者獨坐在森林的

彎樹上，歇歇發疼的腳跟，然後在半明半暗的靜夜裡朦朧睡去……噢！威廉，一間孤室，一件苦行僧的馬毛襯衣和一條荊棘腰帶就是我心渴望的慰藉。再見！除了墳墓，我看不出這一切不幸何時了結。

九月三日

　　我非走不可，謝謝你，威廉，你堅定了我搖擺的決心。兩週以來，我一直想斷然離開她。非走不可。她又到鎮上看一位朋友去了。而亞伯特——而——我非走不可。

九月十日

　　這是多麼不尋常的夜晚！現在，威廉，我能克服一切了。我不再見她。噢！我恨不能飛到你胸前，含淚告訴你我心洶湧的千萬種情緒。我坐在這兒擁抱虛空，想冷靜下來，等待明天。天一亮馬匹就隨時待命。

　　她安詳入睡，沒想到她再也見不著我了。昨天和她談了兩個小時，我忍痛告別，狠下心來，不讓她知道我的心意。老天！多麼特別的一段談話！

　　亞伯特答應，他吃過晚飯立刻陪洛蒂到花園來看我。我站在高高的板栗樹下，凝視太陽，最後一次望著夕陽沉落在可愛的山谷和清溪頂端。我多少次和她佇立在這兒，觀賞同樣輝煌的景象，如今……我沿著心愛的林蔭大道走來走去；邂逅洛蒂之前，我常常被神祕、感人的力量所吸引，在此地流連──初識的時候，我們發現彼此都喜歡這個地方，真是欣喜欲狂，這裡確實是我一生所見最詩意的藝術奇觀。

　　首先，你看到板栗樹之間的開朗畫面──噢！

我記得以前曾寫信告訴你，人走到這兒，就被高高的山毛櫸壁壘團團圍圍住，接著是一片大農場，林蔭大道愈走愈暗，終於走進一片有圍牆的墾植地，予人一種孤獨的敬畏感。我還能感覺到一天中午首次進去的那種怪怪的心情；我對於日後一切痛苦和幸福的畫面，早就有了模糊的預感。

我為告別和重逢的念頭足足迷醉了半個鐘頭左右，終於聽到他們走上高臺，我跑過去迎接他們，以顫抖的心境抓起她的小手，吻了幾下。我們剛走到頂端，月亮就由蒼鬱的小山背緩緩升起；我們談各種事情不知不覺走近暗濛濛的小天地。洛蒂進去坐下來，亞伯特陪在她身邊，我也坐下來，但是心裡亂紛紛的，忍不住又站起身；我在她前面，走來走去，再度坐下來，心情很沮喪。她要我們欣賞月光照在山毛櫸盡處整座高臺的美景，由於四周一片朦朧，畫面更加動人。我們悶聲不響，過了一會她說：「我在月光下散步，總是想起死去的親友，總是被即將來臨的死亡感所壓迫。維特啊，我們會活下去。」她用最激昂的口氣往下說：「但是我們會重逢嗎？能不能認出彼此？你猜怎麼樣，你看法如何？」

「洛蒂，」我向她伸出手掌，眼中充滿熱淚，「我們會重逢的！無論在這兒，或是天涯海角！」我再也說不出話來……威廉啊，此刻我心裡滿懷離別的劇痛，她為什麼要問我這句話呢？

「死去的親友知道我們的一切嗎？」她又接著說：「我們近況好的時候，他們知不知道我們正思念著他們？噢！寧靜的黃昏裡，我和弟妹們歡聚一堂，母親的形影始終縈繞我心，弟妹們都是她的孩子，如今就像我的孩子一樣，他們圍著我，正如當年圍在她身邊。我含淚瞻仰天際，但願她能俯視一分鐘，看我信守她臨死前我許下的諾言，身兼母職，照顧她的孩子。我一百次喊道，『母親，如果我不能取代您在他們心中的地位，請原諒我。噢！我盡力而為，讓他們吃飽穿暖，更重要的是關心他們，愛他們。親愛的聖者！但願您看看我們過得多麼融洽！您會全心感激上帝，臨終前您曾含淚求祂照顧您的兒女！』」

這就是她說的話。噢！威廉！誰能複述她的言語，死板板冷冰冰的字彙怎能形容她靈性的神聖花朵？亞伯特柔聲插嘴說：「洛蒂親親，妳感觸太深了；我知道妳的靈魂深深依戀這些想法，但是我求

妳……。」她說：「噢！亞伯特！我知道你沒有忘記那幾個黃昏，我們一起坐在小圓桌邊，父親出遠門去了，我們把小傢伙一一送上床。你經常帶一本好書，但是很少專心看。和這位了不起的人物交談，不是勝過一切嗎？她是多麼美麗、溫文、愉快的婦人，永遠忙碌不休！天知道我常常在床上含淚禱告，求上蒼讓我像她。」

「洛蒂！」我拜倒在她腳邊，抓住她的小手，沾上千行熱淚。「洛蒂！妳身上蘊藏著上帝的祝福和妳母親的靈性。」她捏捏我的手掌說：「你若認識她多好，她值得你結交。」我簡直要昏倒了。從來沒有人說過這麼高尚、這麼叫人自豪的讚美語。她又說：「她盛年夭亡，最小的兒子年齡還不到六個月。她臥病沒有多久，態度安詳，聽天由命，只為兒女悲哀，尤其是剛出生的嬰兒。臨終前，她對我說：『叫他們到我身邊來。』我帶他們進屋，小的還不懂，大的傷心欲狂；他們圍立在床邊，她舉起纖手，為他們禱告，並一一吻別；然後要他們出去，又對我說：『把他們當兒女看待！』我握住她的纖手，鄭重發誓。她說：『女兒，妳應允的不是件小事，要具有母親的心思和母親的眼神。由妳感

激的淚水，我常常看出：妳知道其中的深意。讓妳的弟妹們由妳身上找到母親的心思和母親的眼神，讓妳的父親找到妻子的忠貞和柔順。妳可以給他不少安慰。』她問起父親，但是他已出門掩飾心中難忍的劇痛。他實在太痛苦了。」

「亞伯特，當時你也在屋內！她聽到有人走動，問誰在場，並要你走近床前。然後她用安詳的眼光盯著你和我，相信我們會幸幸福福廝守一生……」亞伯特不禁狂吻她的頸子，「我們很幸福！我們會幸福一輩子！」平日冷靜安詳的亞伯特已完全失去自制力，我也瀕臨昏狂的邊緣。

她說：「維特，這就是我們失去的女人！上帝啊！我常常想，我們眼看世上最親愛的東西硬生生被奪走，感覺最尖銳的就是孩子們；他們一直發牢騷，說那些黑衣人把媽媽抬走了。」

她站起來，我萬分激動，搖搖欲倒，就握住她的小手坐在原地。她說：「我們該走了，天色愈來愈暗。」她想抽回手，但是我握得更緊。我大叫說：「我們會相逢，我們會相聚，不管情況如何，我們都認得出彼此。我走，我心甘情願離開，但是，要我說『永遠』，我是受不了的。再見，洛蒂！

再見，亞伯特！我們會相逢。」她開玩笑說：「明天吧！我想。」我為這一句「明天」而動容。噢！她抽出小手的時候，還不知道……他們沿著大道走出去，我靜靜站著，目送他們月光下的背影，然後倒在地上哭個夠，哭完一躍而起，跑到高臺上，依稀還看見山下高高的萊姆樹蔭底，她的白上衣閃閃發光，一路向園門走去，我伸出雙臂，人影已經看不見了。

十月二十日

　　昨天我們來到這個地方。大使身體不舒服，要待在屋內好幾天。他若非這麼冷淡無禮，一切就沒有問題了。我看出，我看出命運等著給我一連串艱苦的考驗呢。但是我必須勇敢些！輕鬆的心靈能忍受一切！輕鬆的心情！筆尖寫出這些字，我忍不住大笑起來。心情若輕鬆一點，我會變成世界上最幸福的傢伙。什麼！別人只有一點點精力和才華，卻在我身邊得意洋洋擺來擺去，我還為自己的精力和才華心灰意懶嗎？天父啊，祢既然給了我這一切，為什麼不收回一半，換上一些自信和自滿呢！

　　耐心！耐心！事情會慢慢好轉。朋友，我告訴你，你說得一點也不錯。既然我被迫和這些人天天相處，看他們做些什麼，如何辦事，我對自己態度好多了。當然啦，我們既然天生愛拿萬物來和自己相比，也拿自己來比較萬物，幸福或不幸就看我們比較的對象而定了。世上最危險的莫過於孤立狀態。我們的想像力在自我肯定的本質驅使下，在古怪的詩意幻覺滋養下，升高了一連串事物的價值，我們反而處於最低賤的地位，我們體外的一切顯得

更輝煌，別人顯得更完美。這個過程相當自然。我們總覺得自己缺少某一樣東西，而且自己缺少的東西別人偏偏有，於是我們還認定他們也具有我們的一切，加上某一種理想的幸福。於是那位幸運的人兒變得十全十美，完全是我們想像中的生物。

反之，我們雖然軟弱無能，只要繼續吃苦，我們往往發現自己一天混過一天，搶風掉向，卻比別人揚帆划槳走得更遠——於是，我們跟上別人或者甚至追過別人時，一股自信就油然而生。

舒讀網「碼」上看

235-62

新北市中和區中正路800號13樓之3

印刻文學生活雜誌出版有限公司　收

讀者服務部

姓名：＿＿＿＿＿＿＿＿＿＿＿　性別：□男　□女

郵遞區號：＿＿＿＿＿＿＿＿＿＿

地址：＿＿＿＿＿＿＿＿＿＿＿＿＿＿＿＿＿

電話：（日）＿＿＿＿＿＿＿　（夜）＿＿＿＿＿

傳真：＿＿＿＿＿＿＿＿＿＿

e-mail：＿＿＿＿＿＿＿＿＿＿＿＿＿

INK

INK PUBLISHING 讀者服務卡

您買的書是：＿＿＿＿＿＿＿＿＿＿＿＿＿＿＿＿＿＿＿＿＿＿＿

生日：　　　年　　　月　　　日

學歷： □國中　　□高中　　□大專　　□研究所（含以上）

職業： □學生　　　□軍警公教　□服務業

　　　　□工　　　　□商　　　□大眾傳播

　　　　□SOHO族　　　　□學生　　□其他＿＿＿＿＿＿＿＿

購書方式：□門市＿＿＿＿書店 □網路書店 □親友贈送 □其他＿＿＿＿

購書原因：□題材吸引 □價格實在 □力挺作者 □設計新穎

　　　　　□就愛印刻 □其他＿＿＿＿＿＿＿＿＿＿（可複選）

購買日期：＿＿＿＿＿年＿＿＿＿＿月＿＿＿＿＿日

你從哪裡得知本書：□書店　□報紙　　□雜誌　□網路　□親友介紹

　　　　　　　　　□DM傳單　□廣播　□電視　　□其他

你對本書的評價：（請填代號 1.非常滿意 2.滿意 3.普通 4.不滿意）

　　　　　　　　書名＿＿＿＿＿ 內容＿＿＿＿＿封面設計＿＿＿＿＿版面設計＿＿＿＿＿

讀完本書後您覺得：

1.□非常喜歡 2.□喜歡 3.□普通 4.□不喜歡 5.□非常不喜歡

您對於本書建議：

感謝您的惠顧，為了提供更好的服務，請填妥各欄資料，將讀者服務卡直接寄或傳真本社，
歡迎加入「印刻文學臉書粉絲專頁」：http://www.facebook.com/YinKeWenXue 和舒讀網
（http://www.sudu.cc），我們將隨時提供最新的出版活動等相關訊息與購書優惠。
讀者服務專線：（02）2228-1626　讀者傳真專線：（02）2228-1598

十一月十日

目前我開始馬馬虎虎定下來。最大的好處就是有事可忙，還有各種各樣的人物，各種新面孔，在我靈魂中呈現斑駁的畫面。我認識一位C伯爵，我一天比一天尊敬他。此人心胸高尚開朗，容得下許多事情，因此顯得很有同情心。誰和他接觸，就免不了為他的友誼和關心而快活起來。我有一件公務要和他磋商，他對我深感興趣，一開始交談，他就看出我們互相了解，他能和我談一些別人談不來的問題。我簡直無法道盡他對我有多麼坦誠。世上最真誠的快樂莫過於接觸一個偉大的心靈。

十二月二十四日

　　不出所料，大使給我帶來不少的煩惱。他是世界上最謹慎的傻瓜。他凡事都一步一步來，大驚小怪，像老太婆似的。一個對自己素來不滿的人，誰也沒辦法討他歡心。我喜歡速戰速決，事情有結果了，我就撇在一旁，但是他居然退回我寫的備忘錄說：「很好，但是再檢查一遍，總有更好的字眼，更精確的固定接辭吧。」真會把我逼瘋。不能省略「和」或者其他的連接語，而且他對我偶然顛倒的字句深惡痛絕。一個人的句點若不合自古以來的韻律，他就看不懂。和這種人打交道，真是一大苦差。

　　我唯一的慰藉就是C伯爵的信任。前幾天他公然向我說，他對大使呆板而多慮的作風十分不滿。這種人等於和自己和別人過不去嘛。但是他說：「我們只得認命，就像跋涉高山的旅人一樣。當然啦，如果沒有那座高山，路程就輕鬆多了，也短捷多了，但是既有高山，就只好爬過去。」

　　我的上司說不定也覺得伯爵喜歡我，不喜歡他，為此深深惱火，於是他抓住每一個機會，對我

猛說伯爵的壞話。我當然反對他的看法，於是事態愈來愈嚴重。昨天他害我大發雷霆，因為他話裡也扯上我了——說伯爵對世事很在行，做事很快，又有一枝銳筆，可惜他像所有文人一樣，沒有真才實學。我聽了真想揍他一頓，和這種人有理也說不清，但是動手既不可能，我只好熱烈爭辯，說伯爵是一個令人景仰的紳士，不但為人如此，學問方面亦然。我說：「我從來沒看過誰比他更能擴展心胸，容納萬事萬物，不把活動局限於日常的生活。」這些話在他聽來如讀天書，我連忙告退，免得再聽他胡說八道，還要忍下更多怒火。

這都怪你，你勸我重新接受羈絆，還大談什麼「活動」的問題。活動！如果種馬鈴薯和進城賣玉米的人活動不比我多，那我情願在目前這艘奴隸船上再幹十年。

看到此地那些珠光寶氣的噁心人物，真可憐，真叫人受不了！他們熱愛爵位，暗自勾心鬥角，根本不掩飾自己可憐的熱望。例如有一個女人，她到處宣揚自己高貴的出身和鄉里的盛名，搞得每一個陌生人都覺得「她真蠢，居然為小小的高貴特徵和家鄉盛名而得意。」最糟糕的還不是這一點呢，因

為這個婦人只是該地一位鄉區小職員的女兒。我實在不懂，竟有人這麼沒腦筋，不惜愚弄自己。

當然，我一天一天看清用自己來判斷別人未免太傻了……既然我自己有很多事情要做，我的心思又如此紛狂──噢！我樂意讓別人我行我素，只要他們不干涉我就行了。

我最火的是可怕的社交場面。當然，我也和別人一樣，深知階級劃分的必要，以及我自己由階級中得到的好處；但是我享受一點小樂趣、一線世上的幸福光芒時，階級觀念不應該妨礙我。我最近散步，認識一位迷人的貴族B小姐，雖然此地的傳統生活相當僵硬，她卻保留了相當的自然丰采。我們很談得來，分手的時侯，我要求登門拜訪。她坦然答應，我等不及恰當的時刻，很快就去找她。她不是本地人，目前和姑媽同住，她姑媽是老處女，相貌令人生厭。我非常注意她姑媽，談話大都以她為對象，不到半個鐘頭我就猜到一個現象，事後B小姐果然承認了我的說法──她姑媽一無所有，既無可觀的財富，也無心靈的特質，晚年除了家譜，沒有任何支柱，除了爵位，沒有任何憑依，她就躲在爵位的庇佑中，除了高高在上，看不起中產階級，

她沒有別的樂趣可言。據說她年輕的時候相當漂亮，白白荒廢一生，先是任性地折磨許多年輕的窮小子，後來又屈事一個年長的官吏，老官吏為了報答她的情意和一份馬馬虎虎的收入，就陪她度過中老年，然後去世了。如今她已進入老邁年代，孤獨無依，要不是她姪女美麗動人，誰也不會想到她。

一七七二年一月八日

　　那些斤斤計較禮俗的傢伙，多年的思想和目標
都只求爬上一張比餐桌高一著的椅子，他們是什麼
樣的動物啊！看來那些傢伙又不是沒有別的機會。
不！工作多得很，因此小小的火氣往往妨礙了要事
的發展。上星期乘雪橇出遊，有人吵架，一切樂趣
都破壞無遺。

　　傻瓜，居然看不出地位根本無關緊要，占有最
重要位子的人很少扮演主要的角色！多少國君被大
臣把持，多少大臣又被祕書所把持！那麼誰算第一
呢？我覺得，誰若能一眼就了解別人，又有足夠的
力量或智巧來利用他們的精力和熱情，以執行他自
己的計畫，他就是主角。

一月二十日

　　親愛的洛蒂，我在一間鄉下客棧的酒吧間躲避暴風雨，忍不住給妳寫信。自從我來到悲慘的城市洞窟，放眼盡是陌生人，對我的心靈完全陌生，我無時無刻不想寫信給妳。如今身居陋室，孤立無援，我完全被困住了，冰雪猛敲著窗框，我第一個念頭就想起妳。我進入室內，妳的形影立刻出現在我腦海中。噢，洛蒂！我懷著多少神聖的熱情！上帝啊！最初那幸福的一刻又回到心中！

　　真希望妳能看看我現在心思紊亂的樣子！我的感官漸漸枯竭，我不容許自己的心靈有片刻的充實感，不肯享受片刻含淚的幸福！一無所有！一無所有！我彷彿立在西洋鏡前方，看小人和小馬跑來跑去，我常常自問：那難道不是光學上的幻影嗎？我參加一般的活動，也可以說，我像傀儡般被人牽著動來動去，常常一把握住鄰居的木手，抖一下再猛然往後縮。

　　此地我只發現一個女子——B小姐。洛蒂啊，如果世上有人能像妳，她就有點像。妳會說：「啊！這傢伙在恭維我呢！」這倒是實情。我曾一度

彬彬有禮，因為我畢竟身不由主啊。我富於急智，小姐太太們都說，沒有人的恭維比我更巧妙（妳會加一句，扯謊，否則就不可能中聽了，妳懂我的意思吧？）。我談到B小姐，她的一雙藍眼睛炯炯有神，秉性熱心，深受爵位束縛。但是爵位不能滿足她心靈的願望。她一心想逃避世俗的喧囂，我們談得很投機，常常提到田園的幸福畫面——也談到妳。她不得不向妳致意許多回！不是「不得不」，她是真心的，喜歡多聽妳的一切，全心敬愛妳。

噢！真希望此刻坐在妳腳邊，在那間親切的小屋裡，小傢伙圍著我滾來滾去，妳嫌他們太吵了，我就把他們叫到身邊來，說一個古怪的神仙故事給他們聽。要他們安靜。太陽輝煌地落在雪白的大地上，暴風雨過去了。我——我又得關進我的囚籠中。再見！亞伯特是不是和妳在一起？你們如何歡聚？——上帝原諒我，居然提出這個問題！

二月十七日

　　大使和我恐怕不能再共事多久了，這個傢伙讓人無法忍受。他做事的方法真是可笑極了，我忍不住駁斥他，經常照自己的方法和意見來辦事情，這樣他當然不滿意。最近他在伯爵面前為此大發牢騷，大臣也指責我，態度當然很溫婉，不過仍然算指責，我正想遞上辭呈，突然收到他的一封私函①，我看了不禁跪倒在地，崇拜此人崇高精明又高貴的心思，他懂得糾正我過度敏感的心性，真心敬重我對活動、對別人影響、對主宰事物的誇張想法，視為年輕人可佩的精神，不試著根除這些特性，只是加以撫慰和指導，引向最能發揮、最能致用的方向。一週以來我堅強自信，沒有內在的衝突。心思寧靜是一件光榮的事情，也是自身的一大快樂。親愛的朋友啊，但願這個玩意兒美麗珍貴，卻不要太脆弱才好。

①為了尊重那位大臣，這封信和前面提到的另一封信都從文稿中抽掉了。編者認為大眾不會原諒我們對他的冒犯。

二月二十日

　　親愛的朋友，願上帝保佑你們，把我失去的一切幸福日子賜給你們二位。亞伯特，謝謝你瞞著我；我一直等消息，想知道你們的婚禮定在哪一天，而且打算在那一天由牆面取下洛蒂的半身像，壓在其他文件底。現在你們已經結婚了，她的畫像還在這兒！好吧，讓它永遠留下來！有何不可呢？我深知自己也和你們同在，長留洛蒂心中，對你分毫無損。我在她心目中占第二名的地位：永遠不會失寵。噢！她若忘了我，我會發瘋的……亞伯特，地獄就在心念間。亞伯特，再見！再見了，天上的安琪兒，再見了，洛蒂！

三月十五日

　　我遭到奇恥大辱，逼我非離開此地不可，我一想起來就咬牙切齒。惡魔！創傷不可能平復，事情全怪你，你慫恿我，驅迫我，逼我接受一個我不想要的差事。好啦，我來啦！你如願以償了！為了不讓你又說我誇張的想法破壞了一切——唔，親愛的先生，我要說出一段經過，清清楚楚、簡簡單單，可比美史錄家的記載。

　　C伯爵喜歡我，對我特別重視，這一點盡人皆知，而且我已經告訴你一百回。昨天我和他共餐，剛巧晚上許多貴族紳士和貴婦人都要在他家聚會。我忘了這回事，從來沒想到我們社會階級低，就不能在這種場合露面。好。我陪伯爵共餐，飯後我們在大廳裡踱來踱去，我和他交談，也和B上校說話，此人一露面，就表示宴會的時間快要到了。天知道，我完全不疑心。接著來了一位過度和藹的S夫人和她的丈夫，以及她那位平胸、束腰的醜女兒。他們杏眼圓睜，擺出貴族特有的姿態，連鼻孔都順便張開來，我最討厭這些人，所以只等伯爵和客人寒暄完畢，就打算告辭，突然吾友B小姐進來

了。我每次看到她，精神就為之一爽，於是我留下來，站在她椅子後方，過了好一會才發現：她說話的語氣不像平日那麼坦誠，甚至有些發窘。我大吃一驚。我自忖道，如果她也像這些人一樣，願她隨魔鬼去吧！我氣沖沖想走，但又忍不住好奇，想弄清事情的真相。這時候屋內已擠滿貴賓。F男爵穿著法蘭西斯一世加冕時代的全套古董衣裳，郝夫瑞·R——此處該尊稱為R爵爺——帶著耳聾的太太，更別提家道中落的J了，他的古典外衣和摩登的配件形成古怪的對比——這些人都來了，我和幾位熟人交談，他們都只應答一兩聲。我忙著想心事，只關心吾友B小姐。我沒有注意到，女士們都在房間盡頭竊竊私語，氣氛也傳染到男士們，最後S爵爺找伯爵談話（這些都是B小姐事後跟我說的），伯爵只好向我走來，把我帶到窗邊。他說：「你知道我們古怪的禮俗。我發現，大家不高興看你待在這兒。我實在不願意……」我插口說：「大人，千萬請你原諒。我早該想到這些，不過我知道你會原諒我失禮。我剛才就想走了，」我微笑鞠躬說：「鬼迷心竅，我才留下來。」伯爵捏捏我的手掌，他的同情勝過千言萬語。我向顯貴的客人一鞠

躬，就乘馬車到M地，看山頂落日，朗讀荷馬描寫牧豬女魔招待尤里西斯的一段名詩。真是心曠神怡。

晚上我回家吃飯，咖啡室只剩幾個人，他們把桌布摺起來，在房間一角擲骰子。這時候阿德林進來了，放下帽子，他看我在，就走過來柔聲說：「你吃了排頭啦？」我說，「是嗎？」他說：「伯爵叫你離開宴會。」我說：「他媽的，我樂得出來呼一口新鮮的空氣。」他說：「你不放在心上，很好。我卻惱火了。大家都在談你呢。」這件事第一次讓我生氣。我覺得每個人都看我用餐，就因為他知道這回事。我開始滿腔怒火。

現在，我走到哪兒都受人憐憫，我聽到嫉妒我的人得意洋洋感嘆說：看這些驕傲的傢伙，為一點知識沾沾自喜，自以為有權忽視禮規，他們的下場就是如此……還有別的閒話──足以逼人拿刀自殺。無論大家如何宣揚獨立精神，我倒想看看誰能忍受別人的欺侮、別人的誹謗。如果這句話只是空談，噢！那我們根本就不必放在心上。

三月十六日

　　樣樣事情都連在一起惹我生氣！今天我在大道上碰見B小姐。我忍不住和她打招呼，等我們和別的朋友相隔一段距離後，我就告訴她：她最近的表現使我非常傷心。她用誠懇的語氣說：「噢，維特！你深知我心，你能解釋我心亂的理由嗎？從我進屋的那一刻，我就深深為你痛苦！我事先看出了一切，一百次想開口警告你，我知道Ｓ夫人、Ｊ夫人和她們的丈夫都寧願走開，也不願和你待在一塊兒，我知道伯爵不敢得罪他們——如今人們又大驚小怪……」我問她：「妳這話是什麼意思？」我盡量掩飾自己的驚愕，因為前天阿德林的話正像沸水般流過我的血脈。B小姐含淚說：「我為這件事犧牲太大了！」我再也克制不了自己，恨不得拜倒在她腳邊。我叫道：「告訴我是怎麼回事。」淚水沿著她雙頰滾落。我幾乎要發狂了。她擦乾眼淚，不想掩飾什麼。她說：「你知道我姑媽，當時她也在場，噢！她的眼睛睜得多大！維特，昨夜和今晨我被她狠狠訓了一頓，說我不該和你交往，還聽她說了不少你的壞話，卻不能完全為你辯白。」

她的一字一句都像利劍般穿透我的心臟。她沒有看出：她若隱瞞這一切，反而是一大慈悲，現在她又告訴我將來會聽到什麼閒話，那些惡毒的傢伙會多麼得意。從今以後他們會到處張揚，他們早就看不慣我驕傲和輕侮別人的作風，如今我總算受到了懲罰和屈辱。威廉哪，聽她用真心同情的口吻說出這些話——我感慨良多，內心仍然氣憤不已。我真希望有人當面罵我，我好用劍刺穿他的胸膛！我若看到鮮血，心情也許要好過些。噢！我曾一百次拿起小刀，想刺入窒息的心臟。據說有一種高貴的名駒，每當牠們全身發熱、奄奄一息的時候，牠們會本能地咬開一條血管來幫助呼吸。我常常想那麼做。我寧願割開一道血管，得到永遠的自由。

三月二十四日

　　我已向朝廷方面遞上辭呈，但願他們接受。你會原諒我不先和你商量吧。我非走不可，我已經知道你會說什麼話勸我留下來，所以——請對家母說些好話。我身不由主，她只得忍受，只是我也沒有辦法幫助她。她當然會傷心的。看她兒子本來有希望一步步變成樞密顧問或大使，如今輝煌的事業突然中斷，名駒又放回馬廄中！隨你怎麼說都成，再加上一些我能夠留下或者非留下不可的「萬一」情況。夠了，我要走了。你也許知道我要去哪裡，××親王喜歡我作伴，他在這兒，知道我去意已決，就請我陪他到封地共度美麗的春天。他答應完全不打擾我，既然我們有某種程度的了解，我要碰碰運氣，與他同行。

四月十九日

供你參考

　　謝謝你的兩封來函，我沒有回信，因為我把這封信留到官方接受我的辭呈才寄出，免得家母向大臣求情，使我不能如願。不過，現在事情已經過去了，我已免去舊職。我實在不想告訴你，他們多麼不情願批准我的辭呈，大臣又寫了什麼話；你會忍不住替我惋惜。這位世襲的親王送給我二十五金幣做為贈別的禮物，還有一封別函，我感動得掉下眼淚。最近我曾寫信要家母寄錢，如今用不著寄了。

五月五日

　　明天我要離開這兒，我的出生地就在幾哩外，我很想再去看一眼，重溫往日作夢嬉戲的快樂時光。家父去世後，母親撇下熟悉的舊居，關進她最受不了的城市囚門中。現在我要走進當年我們母子駕車出奔的大門。再會，威廉，你會收到我巡遊的消息。

五月九日

　　我懷著香客的敬意，完成了我對故居的朝拜之旅，為許多意外的激情而深深感動。我在大萊姆樹邊停下馬來，該地位在 S 途中一座小城外，離城要走一刻鐘。我下了馬車，叫馬夫繼續開車前進，自己則徒步重溫每一個回憶。於是我靜立萊姆樹下，小時候我散步常以此處為終點。四周變化真大！那時候我幸福又無知，一直走進未知的世界，希望找到靈魂的營養，找到我自感缺乏的樂趣。現在我由廣大的世界回來了——噢！多少希望已流失，多少計畫已粉碎！我看到眼前高山的極限，當年我曾無數次以它為欲願的目標。我曾一連呆坐幾個鐘頭，渴望到山的那一邊，全心注意朦朧中出現的溪林和山谷——然後，回家的時候到了，我多麼不情願離開心愛的地點！我走回城鎮，向所有的老式的別墅致意，卻不喜歡新房子，還有種種已經發生的變遷。我穿過大門，又完全找到了自己。我不告訴你一切詳情，因為在我眼中雖然動人，寫下來未免失之單調。我決定投宿在小市場，那兒就在我們老家隔壁，我一路走去，發現小時候一位老婦人教我們

讀書的私塾已經改建成店鋪了。我想起自己在那間陋室中捱過多少不安、流淚、心靈冷漠和頭痛的日子——每一步都蘊藏著無限的趣味。沒有一位聖地的香客曾見到這麼多虔誠回憶的殿堂，很少人的心靈曾充滿這麼多神聖的情緒。再說一段細節，就足以代表千言萬語。我沿著小河到一處農莊，小時候我也常常來此散步，我還巡視了我們童年用扁石拋掠水面的地方，當時，我們曾比賽誰的石塊能反彈起來。我清清楚楚記得，我常站在那兒凝視溪水，心血來潮目送它，它流往的異鄉在我心目中顯得十分羅曼蒂克，過了不久我便發覺自己的想像力有限，但是我不得不穿過去，再穿過去，最後我完全沉醉在渺茫的遠方。這不正是輝煌祖先的心境嘛！尤里西斯談到無邊的大海和無盡的大地，不是比今天每一個小學生都會說「地球是圓的」便自以為很有智慧更真實、更富人性、更有熱情嗎？

　　如今我住在親王的獵舍裡。他為人單純誠摯，很容易相處。不過，他談論一些道聽塗說或書本看來的事情，而且老提出間接得來的觀點，我常常覺得很難過。

　　他比較了解我的知識和才華，卻不了解我的內

心，而心靈卻是我唯一自傲的東西，也是一切精力、一切幸福和不幸的泉源。噢！我的知識任何人都能求取──心靈卻是自己的。

五月二十五日

　　我心裡有一個念頭，本想執行之後才告訴你，如今落空了，我還是說出來吧。我想去從軍！我心裡早就有這個打算。我陪親王來這兒，主因就在此——他是××軍的將領呢。有一次我們並肩散步，我告訴他這個想法，他勸我打消原意。我若不聽他的議論，那可需要一段熱誠，光憑一時的興致還不夠哩。

六月十一日

　　不管你說什麼，我都不能再待下去。有什麼用呢？我發現日子很無聊。親王把我當平輩。我卻覺得不自在。我們並沒有什麼共同的地方。他是知識分子，格調不高，他的話不比一本好書更怡人。我再待一星期，就要開始再度流浪。我在這兒最大的收穫就是素描。親王對藝術頗有感情，如果他不局限在科學謬行和一般術語中，一定會更有深度。往往我懷著熱情和想像力大談自然和藝術的主題，他卻突然迸出一兩個傳統的技術辭彙，直把我氣得咬牙切齒。

六月十八日

　　我要上哪兒去？我會去私下告訴你。反正我還得在這兒住一個禮拜，然後佯稱我要參觀××的礦場。不過，絕對沒有那回事。我只想再看看洛蒂。如此而已。我嘲笑自己的心靈——但是決心遵守它的希望。

七月二十九日

　　不，沒問題！一切都沒有問題！我——她丈夫！噢！造我的上帝啊，祢若肯賜給我那份幸福，我一輩子祈禱不休。我不再抱怨，請原諒我的眼淚，原諒我徒然的心願。——她——吾妻！如果我能擁抱天下最心愛的人兒——威廉哪，亞伯特摟著她的纖腰時，我全身都顫抖不已。

　　而且——我該說出來嗎？威廉，為什麼不該說？她和我在一起，會比陪那個人更快樂！噢！他不是滿足伊人芳心渴望的最佳人選。他缺少那一份細心，那一份——隨你怎麼說，反正他心裡不能為——噢！——為一本心愛的小書，像洛蒂和我一樣發生共鳴。還有千百種情況下，我們對別人的行動都有相同的感覺。親愛的威廉哪！——他確實全心愛她，這份愛情卻不值得……

　　一個叫人受不了的傢伙打斷了我的思緒。我淚眼已乾。我心神錯亂。再會，親愛的朋友！

八月四日

　　我並不是天下唯一受苦的人。大家都自覺希望幻滅，期望落空。我去看那個住在萊姆樹邊的好女人。她的大男孩奔向我，歡呼聲吸引了母親的注意，他母親顯得垂頭喪氣的。她張口就說：「好先生！哎！我的漢斯夭折了。」──她又說：「我丈夫由瑞士空著手回來，要不是幾位好心人資助他，他只好去討飯了。他半路上生病發燒。」我不知道該說什麼才好，就給小傢伙一點東西。她硬要我收下幾粒蘋果，我遵命照收，然後走出那個憂愁的所在。

八月二十一日

　　我瞬息萬變。有時候我重新找到生命中快樂的曙光，但是，哎！只存在一會兒就消失了。我沉迷在幻想中，忍不住想到——「萬一亞伯特死掉！你會，她會——」然後我就追逐鬼火，直到地獄邊緣，才嚇得往後縮。

　　我走到城門邊，第一次走這條路，就是接洛蒂參加舞會那一回——人事全非！一切一切都過去了。沒有一點往事的蛛絲馬跡，沒有一絲當時的心境。我像幽靈，回到燒盡的城堡間憑弔自己全盛時期的興建、布置得美侖美奐、臨終才傳給愛子的古堡遺蹟。

九月三日

　　有時候我硬是想不通；我這樣全心全意愛她，熱烈而完整，除了她一無所知，一無所覺，一無所有，別人怎麼能愛她呢。

九月六日

　　我內心掙扎良久，才決定把我初次和洛蒂共舞時所穿的那一件簡單的藍外衣收起來，因為現在已破舊不堪了。我做了一件新的，形式完全一樣，有領子和面飾，又做了一件黃背心和黃長褲。

　　但是效果不盡相同。我不知道——也許穿久了我會漸漸喜歡吧。

九月十五日

眼看上帝竟容許那麼多獵犬留在世間，不覺得牠們的用處多麼渺小，真叫人恨不得向魔鬼投降。你知道S.T.村老牧師家的兩棵橡樹吧，我曾和洛蒂坐在樹下，天知道，那兩棵輝煌的橡樹老是給我的心靈帶來最大的滿足。院子裡有了它們，顯得親切又涼爽，它的樹枝多麼燦爛。還有它們所蘊藏的回憶，讓人追思多年前種樹的好牧師們。小學校長常常提到其中一位，他又是從祖父口中聽來的，據說此人高尚有為，我在樹下追念他，總覺得非常神聖。我告訴你，昨天小學校長說那兩棵樹已經砍掉了，兩眼淚汪汪——砍掉了！我一想起來就要發瘋，誰先動手，我真想宰了他。我院子裡若有幾棵樹，其中一棵年老凋零，我會傷心好久——我不能不注視這個場面。不過有一點值得提一下。人類的情感多麼動人！全村都在發牢騷，我希望牧師太太送奶油、雞蛋和其他禮物的時候，能感覺到氣氛不同，知道她傷了村民的心。因為事情全怪她——新牧師的太太（老牧師已經去世了），一個骨瘦如柴的病獸，因為沒有人關心她，所以她也自以為不必關

心世人。一個自命有學問的醜傢伙，插手檢視教規，多方從事新奇的基督教改革，對於瑞士詩人神學家拉瓦特的熱心聳肩不屑一顧，身體很差，因此在人世間毫無樂趣可言。只有這種人才會砍掉我心愛的橡樹。我不能保持冷靜，想想看！落葉會把院子弄得又髒又濕啦，大樹擋光啦，堅果成熟時小男生朝樹上投石子，刺激她的神經，妨害她推敲肯尼克特、塞門勒和米奇利的思想異同啦。我看到村民十分不滿，尤其是老一輩，我問他們為什麼要忍受這一招。他們回答說：「鎮長要這附近的一樣東西，我們又有什麼辦法？」不過至少有一件事還蠻公平的。牧師一直想靠太太的怪念頭發一點小財，其實根本就得不到什麼利潤，這回鎮長和牧師想分掌行事的手續，但是稅務局聽到了，就說：「請用這個辦法」，然後把橡樹賣給出價最高的人。現在它們橫擺在那兒！喔，我若是貴為親王就好了！牧師太太、鎮長和稅務局都會——親王！——得了，我若是親王，我會為鄉間的兩棵橡樹傷腦筋嗎？

十月十日

　　我只要望著她烏黑的明眸，心病就完全好了！我最痛心的是，亞伯特並不像他──期望中──那麼快樂──不像我──自以為的──那麼快樂──我別那麼愛用破折號就好了，但是現在我唯有這樣寫法，才能表達心中的意思──我想我的話夠清楚吧。

十月十二日

　　蘇格蘭古詩人奧西安已經取代了荷馬在我心中的地位。這位了不起的詩人引導我走向一個何等美妙的世界！在石南荒地上徘徊，四處狂風呼嘯，月光下濛濛的霧氣中隨身帶著祖先的幽靈。聽到高山傳出來森林溪澗的流水聲，夾著妖精在洞內的呼號，還有少女在青苔蔓草叢生的愛人墓碑前傷心哀嘆。然後我找到他——這位流浪的白髮詩人，他在走遍寬的石南荒地，追尋祖先的足跡，哎！卻只發現他們的墓碑，於是悽然凝望海濤後面的晚星。當友善的星光照著勇士冒險的航程，月光也照亮了他們凱歸的船隻，逝去的年代在英雄的靈魂中復甦了；我看出他眉上的愁容，看見最後一個孤單的英雄蹣跚走向墳墓，和陰間的故友一起飲下歷久彌新的悲壯樂事，俯視冰冷的大地和搖曳的勁草，大叫說：「看過我美貌的旅人一定會來，一定會來，他會問：『那位吟遊詩人在哪裡？芬格的有為子弟？』他的足跡將踏過我的墳墓，他尋遍地球也找不到我。」——噢，朋友！我真想抽出寶劍，像高貴的武士一般，把我的主人由逐漸消逝的生命折磨中解救出來，再讓靈魂追隨那獲救的聖靈勇士。

十月十九日

　　噢，我心裡一片空虛！空虛得可怕。我常常想
——你只要能把她摟在懷裡一次，只要一次，你就
能填滿那片空虛了。

十月二十六日

是的，吾友，我愈來愈相信：任何生命的存在與否都微不足道，真的微不足道。洛蒂的一個朋友來看她，我到隔壁的房間找了一本書，卻看不下去。於是提筆寫信。我聽到她們低聲交談，聊一些瑣碎的閒話，街頭巷尾的新聞，某某小姐結婚啦，某某病得很嚴重啦。那位朋友說：「她乾咳得很厲害，臉上只剩皮包骨，一陣陣昏迷，我打賭她活不下去。」洛蒂說：「某某和某某近況也很差。」對方答道：「他已經全身浮腫了。」我的想像力飛到這些病人床邊，我看到他們不甘心離開人世，他們——威廉哪，她們兩位淑女談這件事情，就像我們談論陌生人的死訊似的。我環顧屋內，洛蒂的衣服散置在一邊，耳環放在桌子上，還有亞伯特的文件和家具，一切我都那麼熟悉，連這個墨水瓶也不例外，不禁自忖道：「看看你在這間屋子裡的地位！再重要不過了。朋友們尊敬你。你常常給我帶來快樂，自覺少不了他們；但是——萬一你走了呢？萬一你離開這個圈子？他們會覺得失去你很空虛，那份空虛又持續多久？多久呢？——噢！人生空幻，

就連他自覺找到肯定生存的地方，他留下唯一真印象的地方，也就是愛人親友的回憶和靈魂中——就連那塊小天地裡，他也要消聲匿跡，而且，時間多快呀！

十月二十七日

一想到兩個人類之間關係居然那麼微小，我真恨不得撕開胸口，撞出腦漿來。不是發自我心中的愛情、歡樂、熱勁和狂喜，我根本無法由別人身上獲得。雖然我心裡充滿福佑，如果別人僵僵冷冷站在我面前，我也無法使他快樂。

十月三十日

我千百次差一點就摟住她！天知道看一個人有那麼多魅力，卻不能加以捕捉，心裡是什麼滋味。而這正是最自然的人性本能。小孩子不是看到什麼都伸手去抓嗎？——我呢？

十一月三日

　　天知道，我多少次躺下來睡覺，都許願不要再醒過來；早上睜開雙眼，又看到太陽，心裡好難過。噢，於是我發脾氣，怪天氣不好，怪第三者，怪一次不成功的嘗試，慍怒的重擔只有一半落在自己身上，可嘆我，我明明知道一切都是我的錯——也不算「錯」吧！一切不幸的根源都藏在我心裡。正如以前一切幸福的泉源都蘊藏我心。我難道不是以前那個情感豐富，每一步都看到天國樂土，能懷著愛心擁抱全世界的幸運兒嗎？如今這顆心已經死了，不再湧出歡樂，淚眼乾涸，我的機能不再因清新的淚水而復甦，倒在額上畫出了不安的皺紋。我太痛苦了，因為我已失去生命唯一的快樂——我創造世界的神聖鼓舞力量。那股威力完全喪失了！我望著窗外的遠山，朝陽穿透山頂的濃霧，照亮了山谷中安詳的草地，溫柔的溪水在柳條間彎彎流過來——噢！這個燦爛的景觀在我眼前就像一幅上了釉的圖畫，這一切喜樂都不能由心靈抽出一滴幸福感，送入腦海中。慍怒的我，面對上帝，有如一座枯泉，一把碎裂的水壺！我常常倒在地上，求上帝

賜我幾滴淚珠，就像天空硬如黃銅，地面都是焦土時，農夫祈雨一樣。

　　但是，噢！我覺得上帝不會照我們任性的要求，輕易送來雨滴和陽光，那些折磨我的往日時光也不是輕易送來的，若非我耐心等待聖靈，以感恩的心境接受祂賜給我的狂喜，那些日子怎會如此幸福！

十一月八日

　　她怪我缺乏自制力，噢！語氣多麼溫柔！有時候我喝了一杯酒，忍不住把整瓶喝下去。她說：「不要這樣，想想洛蒂吧！」我說：「想！這還用得著妳吩咐嗎？我想──或者不想！妳永遠在我靈魂中。今天我坐在最近妳下車的地方……」她連忙改變話題，阻止我再說下去。朋友啊，我茫然若失！她可以任意處置我，我絕無怨言。

十一月十五日

　　威廉，感謝你真摯的同情，好意的勸導，我求你靜一靜。讓我忍到底；我雖然疲乏，卻有力氣撐到最後一刻。你知道，我對宗教素來仰望，我覺得那是很多疲憊心靈的支柱，很多弱者的提神劑。但是——每一個人都該信嗎？你看看廣大的世界，你會發覺成千上萬的人不信教，成千上萬的人將來也不會信教——不管有沒有聽人講道——我就非信不可嗎？不是連聖子耶穌都說：天父交給祂的信徒自會追隨祂嗎？說不定天父要留著我伺候祂本人，就像我心裡的想法一樣？我求你，不要曲解這句話，不要挖苦這些天真的字眼，我向你掏出了整個心靈。否則我寧願保持緘默，因為我不想多費唇舌，談論我比誰都知道的事情。聽天由命，飲下生命的苦酒，不是人類的命運又是什麼？——如果那杯酒太苦了，上帝的子民都難以下嚥，我又何必佯稱味道很甜呢？我的整個生命都在生死之間顫抖，過去的光明像閃電般照見未來的黑暗深淵，身邊的一切都漸漸消逝，世界在我頭頂破裂，在這可怕的一刻，我何必自覺慚愧呢？——耶穌完全孤獨，完全無助

的時候，筆直躍入深淵，不是由靈魂深處吐出這樣的肺腑之言嗎：「我的上帝，我的上帝，祢為什麼遺棄我？」能把天堂像布幕般捲起的祂都不怕說這句話，我又何必以這句話為恥呢，我又何必畏懼這一刻？

十一月二十一日

　　她不曾看出，也不曾察覺她正在調製一帖毒藥，將來會使我們都非常痛苦。我則貪婪地一口喝乾她遞上來的毒物。她經常——經常？——不，不是經常，而是偶爾用和善的目光望著我，她好心接受我不自覺的情感表現，我看她眉間露出同情我苦處的愁容，這些又是什麼意思呢？

　　昨天我正要告辭，她向我伸出纖手說：「再會，維特親親！」維特親親！這是她頭一次叫我「親親」，一句一字深入我的骨髓，我自己默念了一百遍，昨天上床前，我和自己閒扯，突然脫口而出：「晚安，維特親親！」事後又忍不住自嘲一番。

十一月二十四日

　　她感受到我的痛苦。今天她的目光深深照進我心坎。我發現她身邊沒有人。我一言不發，她則望著我。我不再看見她迷人的美貌，不再看見她靈性的光輝，一切都在我眼前消失了。那令我感動的目光卻更燦爛，充滿熱烈開心和甜蜜共鳴的表情。我為什麼不能拜倒在她腳邊？我為什麼不能擁抱她，報以一千個熱吻？——她躲到鋼琴邊，用甜美的嗓音哼著和諧的曲調，與琴聲相應和。我從來沒有看過她的唇部這麼誘人，彷彿渴得張開嘴，想飲用琴身發出的音符似的——我真希望能向你形容那副樣子！我不再抗拒，我低頭發誓說：我永遠不敢親吻那兩片聖靈存在的櫻唇。但是——我要——哈！你看，它像柵欄般立在我的心靈前方——我是指這份幸福——然後俯身為我的罪愆而懺悔——罪愆？

十一月三十日

　　我不能，我不能恢復原有的自制力。無論走到何方，我總會碰到一個幽靈，使我為之發瘋。今天！噢，命運啊！噢，人類啊！

　　中午我到河邊去，根本不想吃東西。一切都陰沉沉的。潮濕又寒冷的西風由山脈吹來。灰色的烏雲沿著山谷飄蕩，我遠遠看到一個人，身穿破舊的黑外衣，在岩石間爬上爬下，似乎在搜尋藥草。我走近他，響聲惹得他回過頭來，我看到一張十分有趣的面孔，主要的特徵就是沉默和憂鬱，此外倒顯出善良而坦白的個性；他的黑髮用髮夾束成兩捲，其他的部分則打成粗粗的髮辮，垂在背後。因為他的裝束看起來像是低階層的人，我想我若對他的工作表示興趣，他大概不會誤解才對，於是我問他在找什麼。他深深嘆了一口氣說：「我在找鮮花，一朵都找不到。」我笑笑說：「現在不是開花的季節。」他走向我說：「我的花園裡有很多鮮花，有玫瑰和兩種忍冬花，其中一種是家父給我的；長得像野草；我搜了兩天，連一株都找不到。那邊也有花，黃、藍、紅都有，矢車菊的花兒好漂亮。我連

一朵都找不到。」他的話有些古怪,於是我拐彎抹角問他:「你摘花要幹什麼?」他的嘴邊歪出一個古怪而彆扭的笑容。他用手指按按嘴唇說:「噓,你如果肯保密,我就告訴你。我答應帶一把花束給我的心上人。」我說:「那很好哇!」他又說:「噢!她什麼都有,她很有錢。」我說:「但是她一定喜歡你的花束。」他又說:「噢!她有很多首飾,還有一頂王冠。」「她叫什麼名字?」他回答說:「萬一國會付錢給我,我就成了另外一個人。是的,以前我曾經非常富有。現在一切都過去了,現在我……」——含淚仰望天空,道出了千言萬語。我問他:「那麼你以前很快樂囉?」他說:「噢!但願我還像以前一樣!當時我好有錢,好愉快,好幸福,簡直如魚得水。」有一個老太太沿著大路走來,邊走邊叫:「海瑞,海瑞,你上哪兒去了?我們到處找你。來吃飯哪。」我上前問她:「他是妳的兒子?」她回答說:「是的,可憐的孩子,上蒼要我背一個沉重的十字架。」我問道:「他這樣多久了?」「他這樣悶聲不響已經半年了。感謝上帝,他的病況有了這麼大的進展!以前他曾瘋狂一整年,在瘋人院用鍊子牢牢拴住。現在他不

傷人，只忙著幻想國王和皇帝的故事。他本來是一個善良又文靜的孩子，幫我維持生活，寫得一手好字；但是他突然憂鬱起來，發了一陣高燒，然後劇烈發狂，如今就是這副樣子，先生，我若告訴你……」我打斷了她的回憶，問她兒子所謂「以前好快樂、好富有」是什麼意思。她泛出同情的微笑說：「這個瘋子，他是指他神智不清的時候；他老是讚美那一段時光。也就是他關在瘋人院，不知道自己情況的時候。」——我如遭雷殛。我塞了一張錢給她，就衝出那兒。

我匆匆向鎮上走去，一邊大叫說：「往日的快樂時光！如魚得水——天父啊！是祢讓人類的命運如此悽慘；唯有在獲得又失去神智的時侯，才能感到幸福？可憐的傢伙！但是我多麼羨慕你的憂鬱，你苦思的昏狂狀態！你滿懷希望，出門去為你心目中的女王摘花——在這寒冬裡——悲嘆自己一朵都找不到，卻想不通為什麼。而我——我的出門毫無希望和目標，歸時和來時一模一樣。你整天幻想國會萬一給你錢，你要做些什麼。幸福的人兒，你可以把不幸歸因於一個世間的阻礙。你毫無感覺！你不覺得自己的不幸起於受摧折的心靈，起於發狂的腦

袋，世上所有的國王都救不了你。」

　　誰若嘲諷一個病人到最遠的聖泉去求醫，說那樣只會加速病情，害他死得更痛苦；誰若看別人為擺脫性靈的遺憾和苦楚而向墳墓進香，便自以為勝過這個受挫的可憐人，那他真該在絕望中悄悄死去。對於苦悶的心靈來說，處女荒徑上的每一個足跡都等於一滴香油，辛苦的旅程日日夜夜為他解除了多少苦惱。你能說這是瘋狂嗎——你們這些扶椅上的空談家？——瘋狂！——噢，上帝！祢親眼看到我的眼淚！祢已經把人類造得夠可憐了，為什麼還要把弟兄們安置在他身邊，剝奪他們可憐的一絲快樂，他對「神愛世人」的一絲信心？要是不信任祢，不相信你讓我們四周的一切都包含我們每一步所需要的治療和撫慰力量，治病的藥根又有什麼可信賴的？藤蔓的乳汁又有什麼可信賴的？天父啊，我認識祢！天父啊，祢以前曾充實我的心靈，如今卻對我不屑一顧！喚我到祢身邊吧！破除祢的沉默，祢的沉默支持不了這個饑渴的靈魂——父親看兒子提前回家，摟住他的脖子喊道：「父親，我回來了。您本來要我走遠一點，我卻半途回來，請您不要生我的氣。全世界都是一個樣子，有工作有辛

勞，有報酬有快樂，但是對我又有什麼意義呢？只有您在的地方，我才覺得舒服，在您面前我會感到歡欣。」這位父親會生氣嗎？——而祢，親愛的天父，祢會推拒他嗎？

十二月一日

　　威廉！我寫信和你談到的那個人，那個快樂的可憐人，他是洛蒂的父親雇用的一名職員，對她懷有一份不幸的愛意，起先盡量隱藏，後來終於顯露出來，於是被解雇了，因而成病。亞伯特以平靜的口吻述說這段經過，也許和你讀信的心情差不多，朋友啊，你讀到這些枯燥的字眼，請感受一下我聆聽時狂亂的心緒吧。

十二月四日

　　我求你——你看，我一切都完了——我再也無法忍受。今天我坐在她身邊——靜坐著，她則用鋼琴彈出各種曲調，瞧她那表情！——你會怎麼辦呢？——她的小妹妹坐在我膝蓋上，給洋囡囡穿衣服。我熱淚盈眶。一低頭，我瞥見她的結婚戒指。——淚水不禁潸潸滾落——突然她又彈起那首神聖的老歌，事出突然，往事的安慰和回憶遂由我靈魂中湧出來，我想起每次聽這首歌的不同情境，間隔期的一切惱恨和失望，然後——我在房間裡踱來踱去，心靈為此而窒息。「拜託！」我氣沖沖走向她說：「拜託妳不要再彈了！」她停下來盯著我。含著我心動的笑容說：「維特，維特，你病勢不輕，才會討厭你最心愛的一道美味。走吧，我求你，冷靜冷靜！」我勉強告辭——上帝啊！祢眼見我的不幸，一定會讓它結束的。

十二月六日

　　她的形影一直跟著我！無論清醒或作夢，她都吸住了我的靈魂。喏，我閉上雙眼，喏，在我額頭中，內心映象的焦點處，就是她烏黑的明眸。喏！我無法向你解釋。我一閉上眼睛，那一對眸子就出現了，像海洋、像深淵，橫在我前面、橫在我心底，吸住了我精神的能力。

　　人是什麼？飽受崇拜的半神祇！他的能力不是在最需要的一刻反而減弱了嗎？他幸福、翱翔或痛苦沉淪的時候，不是畏縮不前嗎？他最想迷失在無限完滿間的一刻，不是又恢復冷淡而遲鈍的自覺嗎？

十二月八日

親愛的威廉，我的情形和那些所謂「鬼魅迷心」的可憐人差不了多少。我常常為一種既非恐懼又非渴望的情緒而著迷。那是一種難言的興奮，幾乎撕裂我的胸腔，勒緊我的喉嚨。我真慘！真慘！於是我在嚴冬可怕的鄉間黑夜裡蕩來蕩去。

昨天夜裡我忍不住出門，因為傍晚我聽說洪水氾濫，一切溪流，還有整個我心愛的山谷，從「瓦爾漢」以下，整個都淹沒了。十一點過後，我匆匆出門。真可怕。看到強暴的洪水在月光下由岩石間奔洩，漫過田野、草地和樹籬，大山谷上上下下都化為一片怒海，被呼嘯的狂風吹打著。月亮露出雲端，照亮了幽黑的雲朵，洪水在我面前滾動，映出可怕又光輝的倒影，我忍不住敬畏交加，充滿渴望。噢！讓一切折磨和痛苦都隨激流奔逝。噢！我卻無法舉足結束一切的苦悶！──我的時鐘還沒停擺呢──我感覺得到！噢，威廉哪！我真想拋下一切的人情，隨暴風撕開雲朵，擁抱洪流。哈！說不定犯人有一天也能分享這份喜悅？──

我悽然俯視以前和洛蒂散步時在柳蔭下歇息的

地點，那邊也淹沒了，我簡直找不到柳樹在什麼地方。我又想起她的草地，她那間獵場小屋四周的區域！我們的避暑別莊如今被洪流沖得七零八落！一線陽光由往事的回憶中透出來。正如囚犯夢見牛羊、草地和玉米田一樣。我躊躇不前。──我不怪自己，因為我有赴死的勇氣。──我早該……如今我靜坐在這兒，像一名老婦撿拾樹籬落下的木片，在門前乞討，只為了苟延那荒蕪、不快樂的人生。

十二月十七日

　　吾友，這是什麼？我嚇得不敢面對自己！我對她的愛情不是最神聖、最純潔、最像友情的真愛嗎？我心裡可曾有一絲罪惡的欲念？——我不會堅持……而現在——夢！噢，夢境把陌生的力量加上自相矛盾的效果，實在是真知灼見！我說起來不禁發抖，昨天晚上我作夢擁她入懷，緊緊抱在胸口，在她唇間印上無數的狂吻。我如醉如痴，視線不禁模糊起來。上帝啊！想起這些快樂，至今還覺得無限欣喜，這能怪我嗎？洛蒂！洛蒂——這一切都過去了！我心神錯亂。一週來我失去了慎思的能力，眼睛一直淚汪汪的。我到哪兒都不自在，卻又哪兒都怡然自得。我一無所欲，一無所求。我還是走吧。

編輯致讀者

為了補充我們的朋友最後幾天的故事細節，我不得不打斷他的信件，加上一段敘述文，其中的資料是由洛蒂、亞伯特，他的僮僕和其他證人口中聽來的。

維特的熱情漸漸損害了亞伯特夫妻的安寧。亞伯特以高尚君子安詳而忠貞的態度來對待妻子，夫妻關係漸漸被工作所取代。當然啦，他不想對自己承認現在的情形和他們訂婚的時候不一樣了，但是他私下怨維特太關心洛蒂，這似乎侵犯了他的特權，也是一種沉默的責備。他為公務的負擔過重，常常不高興，這件事更如火上加油，而且維特因失意而顯得鬱鬱寡歡，心靈的痛苦使他失去了僅存的靈性才華、活潑和聰敏，最後難免傳染到洛蒂，她也常常面帶愁容，亞伯特覺得她愈來愈愛維特，維特則怨亞伯特前後判若兩人。兩個人互不信任，使他們共處的時候非常尷尬。維特和洛蒂在一起的時候，亞伯特盡量不走進嬌妻的閨房，維特發現了，他想斷然離開她，又辦不到，只好趁她丈夫留在辦公廳的時候去看她。這又招來新的不滿，彼此的火

氣愈來愈大，最後亞伯特終於明明白白告訴妻子，人言可畏，她應該斷然中止她和維特的關係，不要讓他經常來訪。

　　大約這個時候，辭世的決定已經在維特心中成型了。他一向喜歡這個念頭，尤其他回到洛蒂身邊以後，更時時縈繞心海。

　　不過，這件事不能輕率為之；他要以最堅決的信念、最安詳的決心來採取這個步驟。他的疑惑、他內在的掙扎可以由一張字條看出來，這張字條很可能是一封寫給威廉的信件的開頭幾句，未註明日期，在他的文件堆中找到。

少年維特的煩惱

　　她的音容，她的命運，她對我的同情使我枯焦的腦袋硬擠出幾滴淚水。

　　掀開簾幕，踏進幕後，如此而已！所以何必恐懼和猶豫呢？——因為我知道後臺的情形？——因為一去就不能復返？——也因為我們的心靈能預測未知的迷茫和黑暗。

　　他忘不了大使館的挫折。他很少提起，但是我們不知不覺感受到：他自認為名譽掃地，這件插曲

使他討厭專門職業或政治活動。因此他完全順應自己古怪的情緒和精神特質——我們由他的信件已經看出這些特點——畸戀也愈陷愈深，最後免不了耗盡一切的活力。天長地久苦戀那位嬌媚的可人兒，破壞了人家心靈的平靜，自己的精力又猛然衰退，毫無希望或目標，終於驅使他走上可怕的絕路。

十二月二十日

　　威廉，謝謝你的深厚情誼，肯接受我的說法。是的，你說得對，我還是走吧。你建議我回到你那兒，我根本不想去；至少我要繞道來臨，尤其大家又預料冰層不會融解，路況也不錯。你要來接我，我很高興，不過請你再延兩星期，等你收到我進一步的消息再做打算。時機未熟，不要擅摘生果。兩個星期可以帶來不少變化。請家母為我祈禱，饒恕我帶給她的一切憂愁。我原該給親友帶來快樂，卻反而使他們傷心，這也是命吧。再會，親愛的摯友。願上蒼降福給你！再會！

　　就在那天——聖誕之前的禮拜天——他晚上去找洛蒂，發現只有她一個人在家。她正忙著布置幾件玩具給弟弟妹妹當聖誕禮物。他說小傢伙一定非常高興，又談到以前的幾個聖誕節；房門意外推開，綴滿蠟燭、甜食和蘋果的聖誕樹突然出現了，令人心中升起至高的喜悅。洛蒂笑眯眯掩飾她的窘態說：「只要你安分些，你也會收到聖誕禮物，一根小蠟燭和其他的東西。」他大叫說：「妳所謂安

分些是什麼意思？親愛的洛蒂，我要怎麼做，我能怎麼做呢？」她說：「星期四晚上是聖誕夜，那天孩子們要來，家父也要來，到時候大家都會收到禮物，你也來——但是聖誕夜以前，不要再來了。」維特大吃一驚，她又說：「我求你，事情就是這樣，我求你，為了我心靈的平靜，我們不能，不能再這樣下去了！」——他避開眼睛，在房裡踱來踱去，低聲呢喃說：「我們不能再這樣下去了！」洛蒂看出這些話使他陷入可怕的境地，於是問他各種問題，想分散他的思緒，卻沒有結果。他大叫說：「不，洛蒂，我不會和妳見面了！」——「為什麼？」她回嘴說：「你能，你一定會和我們見面，只是得克制自己。噢！為什麼你天生這麼衝動，對你接觸的東西都深愛不移！我求你，」她抓起他的手掌說：「自制些，憑你的智能、你的知識、你的才華——什麼樣的快樂你得不到呢！做一個男子漢大丈夫吧。擺脫這份憂鬱的情感，我除了同情，一切都無能為力。」他咬牙切齒，陰森森看著她。她握住他的手掌說：「維特，只要冷靜思考一分鐘，你不覺得你是在騙自己嗎，一切都是自尋煩惱？維特，為什麼看上我？偏偏看上羅敷有夫的我？偏偏這

樣？恐怕──恐怕是因為不可能得到，這個欲望才
顯得那麼誘人吧。」他抽回手掌，氣沖沖瞪著她。
「聰明！」他大叫說：「很聰明，我想這話是亞伯特
說的吧？妙！很妙！」──她回答說：「誰都會這
樣說。世上就沒有一位姑娘能滿足你心靈的願望？
立意找她，我打賭你會找到的。多少日子來，我時
時為你擔憂，也為我們擔憂，怕你畫地自限。去找
吧！出門旅行，就可以分散你的注意力！找一個相
配的戀愛對象，再回來共享友誼的歡樂。」

　　他冷笑說：「這些話真該印在書本上，介紹給
天下的導師。親愛的洛蒂，讓我休息一下，一切都
不會有問題的。」──「只是要記住，維特！聖誕
夜之前，請你不要再來了。」──他正要答腔，亞
伯特走進屋內。他們冷冷互道了一聲晚安，就一起
在屋內走來走去，彼此都很尷尬。維特先開口談一
些瑣事，不久就打住了。亞伯特也一樣，接後又問
妻子幾件他吩咐的事情，聽說沒有辦好，馬上說了
一句難聽的話，使維特傷心欲絕。他想走，卻又不
忍離去，一直待到八點鐘。他們之間的慍怒和惱恨
愈來愈強烈，最後餐桌擺好了，亞伯特基於禮貌，
請他一起用餐，他才拿起帽子和手杖，告辭而去。

他回到住所，僕人要為他帶路，他由僕人手中接過蠟燭，一個人回房，放聲大哭，激動地自言自語，猛然跪上跪下，最後才閣衣上床，傭人十一點左右貿然闖入，問主人要不要脫靴，發現他一直躺在床上。他聽任傭人為他脫靴，然後吩咐：第二天早晨不聽到召喚千萬別進來吵他。

十二月二十一日，星期一早晨，他寫了一封信給洛蒂，封好放在寫字檯上，他死後才被人發覺，轉交給她。我把它插錄在這兒——由實際的事件可以證明，這是他的親筆信。

洛蒂，我心已決。我決心一死，我寫這封信給妳，心境很安詳，沒有什麼浪漫的得意感，今晨我要見妳最後的一面。至愛的人兒，妳讀到這封信的時候，冰涼的墓地已經罩住了這個不安、不幸的人兒僵硬的遺體，此人在世的最後一分鐘，還不知道世上有什麼更甜蜜的幸福，只想和妳說說話。我一夜輾轉難眠，更堅定了遲疑的決心。我決心一死。昨天我勉強離開妳，內心激動得可怕，前塵往事都湧上心頭，一想到將來我在妳身畔無望寡歡的生活，我頓時心寒不已——我勉強走進房間，忍不住

跪倒在地，噢！上蒼啊！祢真的賜給我可貴的淚水了！我想起一千個計畫，一千個可能性，最後終於想起它，堅定、完整、無上的念頭——我決心一死！——這不是絕望，而是確定我已走到盡頭，我為妳犧牲自己。是的，洛蒂！我何不說出來呢？我們三個人非走一個不可，我就做那個人好了。噢！至愛的人兒，一個狂想時常爬進我碎裂的心胸，時常——殺掉妳丈夫！——妳！——我自己！所以還是這樣好了！——美麗的夏日傍晚，妳爬上山丘，請追念我，我曾多次在那兒俯視山谿，然後請妳隔著墓場，凝視我的墳墓，在落日餘暉中，和風將輕輕吹拂著小草。——提筆的時候我相當平靜，如今我清清楚楚看到這一切，忍不住像小孩子泣不成聲。

少年維特的煩惱

　　十點左右，維特呼叫傭人，邊穿衣服邊吩咐說，他要出門幾天，因此他的衣服都要找出來，準備收拾行李。他還叫傭人收取各地的帳單來付帳，收回幾本外借的書籍，同時預付兩個月的賑濟金給幾個他每週濟助的窮人。

　　他叫人把飯菜端進屋，飯後騎馬去找執達官，發現他不在家。他在花園裡悽然走來走去，最後一

刻似乎恨不能長埋在一切憂傷的回憶中。

　　小傢伙並沒有讓他清靜多久，他們追逐他，跳在他身上，告訴他：等明天到了，再過一天，然後又過一天，他們就要到洛蒂家拿聖誕禮物，並暢談小心靈等待的奇蹟。他大叫說：「明天！再過一天，然後又過一天！」他愛憐地親吻他們，正要離開，最小的一個想偷偷告訴他一個祕密。他透露說：他的哥哥們已經寫好漂亮的新年賀卡，好大張哦！一張給爸爸，一張給亞伯特和洛蒂，還有一張給維特先生。他們要在元旦清早交給這幾個人。

　　他悲從中來。給了每一個小傢伙一件禮物，就跨上馬，要他們問候老先生，然後含淚告別。

　　他五點左右到家，叫女傭照顧爐火，直燒到晚上，又吩咐僕人把書本和內衣放在樓下的皮箱裡，外衣都捆成一包。「訣別洛蒂書」的下面這一段可能是這個時候寫的。

　　妳沒想到我會來。妳以為我會乖乖聽話，到聖誕夜才去看妳，噢，洛蒂！今天見面，要不然就永遠見不到。聖誕夜妳將手執這封信，全身發抖，眼淚沾濕了紙張。我要，我非如此不可！噢，我真

高興自己心意已決!

六點半他到亞伯特家,發現家裡只有洛蒂一個
人,對他來訪大吃一驚,昨夜談話間,她曾告訴亞
伯特,維特要到聖誕夜才會光臨。接著亞伯特套上
馬鞍,說他要騎馬去找附近的一名官吏,有事要和
他談,就冒著嚴冬出門了。洛蒂知道他這件事拖了
很久,這一去可能通宵不回,心裡也明白這幕啞劇
的意思,精神十分沮喪。她一個人靜靜坐著,感慨
萬千,想起往事多麼珍貴,如今她對丈夫的愛情不
但沒有帶來預期的幸福,反而讓她的生活漸漸蒙上
不幸的陰影。思緒回到維特身上。她責備他,卻無
法恨他。打從開始,一種神祕的特性就使她深深注
意這個人,經過這麼長的時間,身歷過多少經驗,
她心上的刻痕注定了無法磨滅。抑鬱的心情終於化
為解脫的淚水,她陷入靜靜的哀愁中,愈陷愈深。
但是她聽到維特走上臺階,在門外叫她,心裡彷彿
挨了重重的一捶!說她不在家也來不及了,她還未
從紛亂中完全恢復鎮定,他就走進屋。她叫道:
「你不守信用!」他回答說:「我根本沒有許下諾
言。」她說:「那你至少該同意我的請求,這是為

我們兩個人好。」她說話的時候，決定找幾個女伴來。她們至少可以為她和維特做個見證人，而且他必須送她們回家。她就可以早一點打發他了。他帶了幾本書來還，她又問起另外幾本，盡量談些普通的話題，等女伴來了再說，這時候女傭回來說：她們都不能來，一個有親戚來訪，不好打發，另外一個不願冒著凜冽的冰雪更衣外出。

她沉吟了好一會，清白的信念終於激起了她的自尊。她決心凜然面對亞伯特的非非之想，她內心潔白無瑕，自可立定腳跟，於是她沒有把女傭叫進來，卻在鋼琴邊彈了幾支小步舞曲，恢復鎮定，解除內心的紛擾，然後靜靜陪維特坐在沙發上。她說：「你沒有書報可讀嗎？」他什麼都沒有。她說：「我那邊的抽屜裡有幾則你翻譯的奧西安詩歌。我還沒看，我一直希望聽你朗誦，不過你老是心緒不寧。」他笑著拿出那些詩，抓在手裡，全身一陣戰慄，看看詩篇的內容，不禁熱淚盈眶。他坐下來朗誦。（註：出自奧西安的《瑟瑪之歌》）

薄暮之星哪！妳的光芒在西方多麼美麗！妳由雲端抬起飽滿的頭顱；妳的腳步堂堂皇皇踏過山

頂。妳在平原上見到了什麼？暴風已停。遠處激流
沙沙響。咆哮的浪花爬上遠方的岩石。傍晚的蠅蟲
揮著軟弱的翅膀，一路嗡嗡飛過田野。美麗的星
星，妳見到了什麼？但是妳笑著走開了。浪花喜孜
孜圍著妳！他們沖洗妳那迷人的青絲。再會，妳這
沉默的光芒！讓奧西安的靈光升起吧！

它確實升起了！我看到死別的朋友們。他們在
羅拉聚會，和往年毫無差別。芬格像一團水汪汪的
迷霧！英雄們都圍在四周：看看黑髮的遊吟詩人尤
冷！莊嚴的李諾！還有阿爾賓，伴著米諾娜柔美的
嗓音！瑟瑪大宴一別，朋友啊，你們變了多少？當
時我們爭相獻技，像春風拂過丘陵，輪流吹彎了呼
嘯的野草。

米諾娜俏生生走過來；目光低垂，雙眼含淚。
山間偶爾飄來一陣疾風，她的頭髮慢慢隨風飛舞。
她揚起悅耳的嗓音，眾英雄的英靈都為之感動。他
們常常看到塞加之墓——酥胸雪白的佳麗柯瑪就坐
在那黑黝黝的地方。柯瑪孤單單守在山頂，長伴自
己的歌聲！塞加說好要來的，但是黑夜已經降臨
了。聽聽柯瑪的歌聲，她正一個人坐在山頂呢！

柯瑪

　　夜幕低垂，我孤單單坐在風雨交加的小丘頂。山風依稀可聞，激流奔下岩壁。沒有一間小屋容我遮風避雨，孤單單坐在狂風怒號的小丘頂！

　　升起吧，月亮！走出雲端。升起吧，夜星！星光月光啊，帶我到吾愛安歇的所在！他的良弓擱在身邊，沒有上弦；他的忠狗都圍著他喘氣。我卻得孤單單坐在這兒，守著苔蘚斑斑的溪石。流水和狂風大聲呼嘯。我聽不到吾愛的聲音！山陵的領袖吾愛塞加為什麼遲遲不赴約？這兒有岩石，這兒有樹，這兒有咆哮的溪水！你答應晚上要來這兒。啊，吾愛塞加上哪兒去了？我願意隨你飛奔，離開吾父，離開驕傲的兄長。我們兩族世代結仇，我們卻不是仇敵，噢，塞加！

　　風啊，稍停一會吧！溪水啊，請你沉默片刻，讓我的聲音傳遍四野。讓流浪的愛人聽到我的呼聲！塞加！是柯瑪在呼喚你呢。這兒有樹，有岩石。塞加，吾愛！我在這兒，你為什麼遲遲不來？嗒！冷月出來了。照亮了山豀的洪水。陡坡的岩石灰濛濛的。山頂看不見他的行蹤。他的忠狗沒有先

出現，帶來他光臨的訊息。我只得孤單單坐在這兒！

　　誰躺在我身邊的石南荒地上？他們是吾愛和吾兄嗎？朋友們，告訴我呀！他們不肯給柯瑪一聲答覆。告訴我吧：我孤立無援！我的心靈飽受驚嚇！啊，他們都死了！他們的刀劍沾滿鮮血。噢，吾兄啊！吾兄！你為什麼要殺死吾愛塞加呢？唉，塞加你可曾殺了我的兄弟？你們都是我深愛的人！我該說什麼話來讚美你？你在山頂勇冠群雄，他是戰場上的剋星。對我說話吧；聽我的聲音；聽好，我心愛的男兒！他們默默無語；永遠沉默！土丘一片冰涼！噢，說話呀，由山上的岩石間，由刮風的陡坡頂，你們這些幽靈！說話呀，我不會害怕的。你們要到何處去安歇？我要到哪一個山洞去尋找故人？風中沒有一點人聲！暴雨中沒有半句回響！

　　我悽然靜坐，我含淚等待天明！亡友啊，進墳墓去吧。柯瑪不來，請不要關閉。我的生命像夢境飛飄；我又何必落在人後呢？我該陪吾友安息此處，長伴怒吼的溪流。當黑夜籠罩山頂；狂風呼嘯；我的幽靈將佇立疾風中，為亡友而哀泣。哭聲傳向獵人的小屋。他不會害怕，反而愛上我的嗓

音！因為我悼念亡友的嗓音將萬分甜美；朋友們將萬分愉快。

這就是妳唱的詩歌，米諾娜──面色微紅的多曼之女。我們為柯瑪落淚，我們心靈含悲！尤冷帶來了豎琴，他唱出阿爾賓之歌。阿爾賓的嗓音很愉快；李諾的亡魂則像一道火光！但是他們都安息在斗室裡；塞瑪一地再也聽不到他們的聲音。有一天尤冷出征歸來，當時眾英雄尚未倒地。他聽到大家在山頂掙扎；他們的歌聲柔美而悲哀！正哀悼出眾的摩拉！此人的精神可比美芬格，劍術可比奧斯卡。但是他卻倒下了，他的父親為他送葬；他的妹妹滿眼淚光，米諾娜正含淚哀泣，而她正是大力士摩拉的妹妹。她聽到尤冷的歌聲，悄然引退，就像西天的月亮眼看暴雨將臨，連忙躲進雲端。我隨尤冷撥弄著豎琴，清晨之歌便響起了！

李諾

風停雨歇，正午一片安詳。天上雲霧頓開。善變的太陽飛上綠色的山丘。噢，溪水啊，你的呢喃

多麼甜蜜！但是我聽到的嗓音更迷人。那就是歌王阿爾賓哀悼死者的歌聲！他老邁的頭顱低垂著，淚眼發紅。歌王阿爾賓，你為什麼獨坐在悄然的山丘上？你為什麼發牢騷，像林內的疾風，孤灘上的海浪？

阿爾賓

噢，李諾！我的淚珠為亡友而流，我的嗓子為故人而唱。你高高立在山丘頂，勇冠山谿諸雄。但是你也會像摩拉，頹然倒地；送喪的人會坐在你的墳墓上。山丘不再認識你；良弓不上弦，靜靜擱在廳堂裡！

噢，摩拉，你像沙漠中的獐子一樣敏捷，像火流星一樣可怕。你發怒有如暴風。你揮舞上戰場，有如田野的閃電。你的聲音像雨後的溪水；像遠山的雷鳴。多少人被你擊敗；他們都毀在你憤怒的火焰中。但是你凱旋歸來，眉宇多麼平靜！你的面孔像雨後的煦陽；像靜夜的月光；像風平浪靜的湖面，水波不興。

現在你的居處非常狹小！你歇息所在一片漆黑！我三步就繞完你的墳墓，噢，你以前曾是那麼偉大的一個人！四塊石頭，苔蘚斑斑，這就是你唯一的紀念。一棵光禿禿的樹木，一片隨風嘶叫的雜草，便向獵人指出了大英雄摩拉的墳墓。摩拉！你身後多麼蕭條，沒有母親為你哀嘆；沒有少女灑下愛憐的淚水，生你的婦人已經死了。摩格蘭的女兒已經魂歸西天。

　　那位拄著拐杖的是誰？滿頭白髮，是誰呢？是誰哭紅了眼睛，是誰一步一搖晃？噢，摩拉，那是你的父親！你這位獨生子的父親啊。他聽到你善戰的美名，他聽說敵人敗退了。他既聽到摩拉的名聲，為什麼沒聽到愛子受傷的消息？哭吧，可惜令郎已經聽不到了。死者長眠地下，枕著深深的泥土。他不再聽見你的呼聲，不再一喚即醒。墳墓何時天亮，能喚起酣眠的人？別了，天下最勇敢的武士！戰場上的征服者！但是戰場上再也找不到你的蹤跡，黑暗的森林也不再亮你刀劍的光影。你沒有留下子孫。這首歌自會傳下你的聖名。後人會知道你，他們會聽到摩拉的身後哀名！

　　大家都傷心欲絕，但是亞明的嗚咽最悽楚。他

想起英年早逝的愛兒。喀爾木坐在他身邊，此人是
噶瑪兒的領袖。他問道，亞明因何嗚咽？有什麼好
悲嘆的？歌聲伴著音樂，融化了死者的英靈。就像
湖上的輕霧，瀰漫了靜靜的山谷；綠色的花朵綴滿
露珠，但是太陽出來，薄霧便消失了。噢，亞明，
孤島戈瑪的領袖，你何必傷心呢？

傷心！我確實傷心！我悲嘆的可不是芝麻小事
呢！喀木爾，你不曾失去愛子；不曾失去美麗的千
金。勇壯的科嘉還活著；美麗的阿妮拉也活在人
間。噢，喀木爾，你的家譜能夠延續！但是亞明卻
是本族的最後一個人。噢，陶拉，妳的床鋪一片漆
黑！妳的墳墓一片漆黑！妳什麼時候才會醒來歌唱
呢？以妳那悅耳的嗓音？

吹起吧，秋風，吹起吧，吹遍石南荒地！山溪
怒吼吧，在我的橡樹林間！噢，月亮！不時露出蒼
白的面孔！我兒我女都已倒地，把黑夜帶入我心
吧。剛毅的阿林達已經死了，可愛的陶拉也死去
了！陶拉吾女，妳多麼俏麗，美得像弗拉岡的月
亮，白得像雪花，甜得像低語的輕風。阿林達，你
的弓術不凡。你的長矛在場戰上多麼輕快。你的眼
神像浪上的迷霧，你的盾牌像暴雨中的紅雲。擅戰

的阿瑪來向陶拉求愛。陶拉很快就接受了，朋友們都盼望他們的喜訊。

奧德加之子伊拉斯前來告狀：他的哥哥死在阿瑪手中。此人像大海之子，喬裝而來：輕舟破浪，鬚髮皆白，眉宇冷漠。他說，天下的大美人，亞明的嬌女啊！海中不遠處有一塊石頭，旁邊種了一棵樹，紅色的果實鮮豔欲滴，阿瑪就是在那兒等陶拉呢。我來接他的心上人！她欣然跟去，她呼叫阿瑪。沒有人答腔，但於岩上男兒阿瑪啊，吾愛！吾愛！你為什麼讓我擔驚受怕？聽好，阿拿特之子，聽好：是陶拉在叫你呢。叛徒伊拉斯狂笑著奔回陸地。她提高嗓門，她呼叫哥哥和父親。阿林達！亞明，竟沒有人來救你們心愛的陶拉！

她的聲音從海面傳來。吾子阿林達奔向山丘，全身掛滿戰利品。箭弩在腰間沙沙響，良弓握在手中，五隻灰犬跟在後面。他在海灘上看到凶猛的伊拉斯，遂抓起來綁在橡樹上。皮帶緊纏著四肢，哼聲隨風吹送。阿林達登上小舟，把陶拉接回岸上。阿瑪氣沖沖趕來，射出灰羽的箭杆。颼颼一聲，便穿入君子阿林達的心臟。噢，阿林達，你竟做了叛徒伊拉斯的替死鬼。槳葉頓時停下來，他靠在岩石

上喘息，然後就斷了氣。噢，陶拉，汝兄的鮮血灑遍妳的腳跟四周，妳是多麼傷心啊！輕舟裂為兩半，阿瑪縱身跳進海裡，想拯救心愛的陶拉，不然就一死以報佳人。突然一陣山風吹過海面。他往下沉，從此葬身海底。

　　我的女兒孤立在浪花飛捲的石上，不斷訴苦。她的哭聲響遍四周。她的父親又有什麼辦法呢？我在岸邊通宵佇立。藉著朦朧的月光，我看到她的身影。整夜聽到她的哭聲。狂風怒號，大雨打著山丘。天還沒亮，她的聲音就轉弱了。漸漸消失，像草際的晚風。她痛斷肝腸，終於死了。只剩下亞明孤單單一個人。我驍勇的戰技消失了！我在女人面前的自負消失了！當暴風雨來臨，當北風捲起千堆白浪，我就坐在呼嘯的海邊，望著那一塊不祥的海石。藉著落月，我常常看到兒女的幽靈。半明半暗，他們一起悲哀地走著。

　　洛蒂的明眸湧出兩行熱淚，她壓抑的心靈終得到解脫，卻把維特的朗讀打斷了。他放下紙頁，抓住她的小手，泣不成聲。洛蒂用另一隻手臂支起身子，拿手帕遮住眼睛。兩個人都萬分激動，他們由

古英雄的悲劇感受到自己的不幸，靈犀相通，於是兩個人的淚水匯流在一起。維特的嘴唇和雙眼貼在洛蒂的手臂上，燒得燙人，她全身一陣戰慄，想要退開，一切的悲哀和同情卻壓得她無法動彈。她深呼吸，恢復了鎮定，抽噎著求他往下念，以天堂的聖音哀求他。維特抖個不停，一顆心彷彿要裂開了，他拿起詩稿斷斷續續往下讀！（註：出自奧西安的《貝拉松》）

噢，春風，妳為什麼要喚醒我，哄我說：「我讓你身上蓋滿天堂的露珠。」但是我凋零的時刻近了，狂風將吹散我的樹葉。明天旅人會來，曾看見我美貌的旅人就要來了。他的目光搜遍田野，卻找不到我的蹤跡。

這些話使維特完全失去自制力。他絕望地拜倒在洛蒂跟前，抓住她的雙手，貼在自己的眼睛、前額上，她似乎預感到他可怕的意圖，不禁心亂如麻，也抓住他的手掌貼在自己胸前，悲哀地俯視他，兩個人滾燙的面頰相遇了。他們忘記了世間的一切，他伸手環抱她，摟在胸前，並狂吻她顫抖的

嘴唇。「維特！」她把臉轉開，用窒息的聲音叫道：「維特！」又用軟弱的小手推開他。她以莊嚴冷靜的口吻叫了一聲「維特！」他沒有抗拒，遵命放開她，瘋狂地拜倒在她腳下。她匆匆站起，在愛情與憤怒間掙扎，發抖說：「這是最後一次，維特！你不能再來看我了。」接著以柔情萬縷的目光看他一眼，就衝入隔壁的房間，把房門鎖上了。維特向她伸出雙臂，卻不敢把她拉回來。他躺在地上，頭部枕著沙發，就這樣躺了半個鐘頭，最後有一個聲音將他喚醒。是女僕要擺餐桌了。他在房間裡踱來踱去，看看身邊沒有人，就走到隔室的門口，柔聲叫道：「洛蒂！洛蒂！我只說一句話，一句告別的話！」她悶聲不響，他等了一會——再哀求——又等了一會，然後勉強離去，大叫說：「別了，洛蒂！永別了！」

他走到城門口，守衛看慣了他，一句話不說就放他進去。煙雨濛濛，半雨半雪，一直下到十一點，他再度敲門。維特回家的時候，僕人發現他沒戴帽子。他不敢多問，默默替主人脫衣服。全身都濕透了，後來帽子在通往山谷的斜坡處一塊岩石上找到，實在想不通濕淋淋的夜晚他怎麼能爬到那

兒，又居然沒有摔下去。

他躺在床上，睡了好幾個鐘頭。第二天早上傭人應聲端咖啡進來，發現他在寫東西，他寫給洛蒂的遺書又添了下面幾段：

最後一次，我最後一次睜開雙眼。哎！它們再也看不見太陽了；如今太陽在濃霧後方。大自然，哀悼吧，妳的子弟，妳的朋友，妳的愛人末日快要到了。洛蒂呀，這是無法比擬的心情，卻最像朦朧的幻夢，對自己說：「這是最後一個早晨。」最後一個！洛蒂啊，我對這個形容詞沒有什麼概念——最後一個！今天我不是活生生站在這兒，明天我就直挺挺僵臥在地上！死！那代表什麼？我們談到死亡，根本就在幻想。我看過很多人死去，但是人文有限，根本不了解生命的開始和終結。現在生命仍屬於我，屬於妳！屬於妳！愛人哪，到了下一刻——就分手告別了——也許是永別呢。——不，洛蒂。不。——我怎麼會去世，妳怎麼會去世，我們不是活著嗎？——去世！那代表什麼？又是一個詞語！一個空虛的聲音，喚不起我心中的共鳴——死，洛蒂！困在冷冷的地底，好窄，好暗！——無依的少

年時代，我有一位女友，她在我心目中非常重要；後來她死了，我去送葬，然後站在她的墳墓邊。他們把棺材放下去，再颼颼拉起底下的麻繩，第一鏟泥土砰然往上罩，可怕的棺木發出沉沉的聲音，聲音愈來愈沉，最後棺木終於完全看不見了——我昏倒在墓地邊——感動，震撼，痛苦到極點，肝腸俱裂，但是我不知道自己怎麼樣了——將來又會怎麼樣——死亡！墳墓！我不明白這些字眼！

噢，饒恕我！昨天，那該是我生命的最後一刻。噢，妳這位安琪兒！我靈魂深處第一次湧出狂喜的感覺，毫無疑慮：她愛我！她愛我哩！妳唇間流出的聖火還在我唇間燃燒著，我心裡滿懷清新的喜悅。饒恕我，饒恕我。噢，我知道妳愛我，由第一道熱情的眼光，由第一次纖手的捏握，我深深知道這一點，但是我一走開，看到亞伯特在妳身旁，我又陷入驚疑的絕望中。

可記得那一次可怕的宴會，妳不能和我交談，不能伸出纖手，於是送我一把鮮花？噢！我半夜跪在鮮花前，它們等於印證了妳對我的情意。但是，哎，這些印象逐漸消失，正如信徒對上帝的慈愛漸漸失去感覺，而上帝正以許多神聖而無形的象徵來

頒賜這份恩情。

　　世事無常，我昨日由妳唇間吸取的光熱卻長在我心，生生世世都絕滅不了。她愛我哩！這隻手臂曾經擁抱她，這兩片唇曾經在她唇上顫抖，這個嘴巴曾經喃喃貼著她的櫻桃小口。她是我的人！妳是我的！不錯。洛蒂：永遠永遠！

　　亞伯特是妳丈夫，這又代表什麼？丈夫──我只指世俗觀點而言──照世俗觀點，我愛妳是罪過，我想由他手中把妳搶過來就算罪過？罪過？好！我來懲罰自己。我嘗到了這項罪愆的無上喜悅，我喝下了心靈的止痛膏。從那一刻開始，妳就是我的人了！我的人！洛蒂！我走了！去找妳我的天父。我要向祂訴怨，祂將安慰我，直到有一天妳也來了，我就可以奔向妳，抱緊妳，陪著妳，生生世世相擁著面對無極的上蒼。

　　這不是夢，不是幻覺！我立在墳墓邊，看得更清楚。我們會生存下去！我們會重逢！看看令堂吧，我會看見她，找到她，噢，而且向她吐露心事，令堂就像妳。

　　十一點左右，維特問傭人亞伯特回來沒有。傭

人說他回來了，因為他看見有人牽著他的坐騎。於是維特給他一張未封口的短箋，內容如下：

　　我要出遠門，請你把手槍借給我一用好嗎？再會。

　　那天晚上洛蒂一直睡不著，她極度興奮，心裡亂糟糟泛出一千種情感。她胸口不禁深深感受到維特擁抱的熱情，同時她回顧純真的往日，無憂慮的自信，更覺得分外柔美。她已經開始擔心丈夫聽到維特來訪時的目光和他那半惱恨半嘲諷的問題。她從未掩飾，從未說謊，現在第一次面臨非說不可的情境。那份不情願、那份尷尬，更強化了她心目中的過錯，但是她既無法恨維特，也不敢說自己不會和他再見面。她哭到早晨，才倦極而睡去，剛醒來穿衣服，她丈夫就回來了，她第一次覺得和他見面叫人受不了。她唯恐丈夫發現她失眠流淚的痕跡，這樣一來，心裡更加迷亂，於是她激烈擁抱他，不顯得熱情愉快，倒顯得驚慌和懊悔，亞伯特發現了，等他拆完幾封信件和包裹，就粗聲問她怎麼回事，是不是有誰來過了。她吞吞吐吐說，維特昨天

在這兒待了一個鐘頭。——「他真會避時間。」說著就進入書房。洛蒂獨個兒坐了一刻鐘。丈夫的形貌清清新新留在她心坎，她一向十分敬愛他。她想起丈夫的善心、慷慨和深情，責備自己未能相報。一陣模糊的衝動使她跟進屋，她依照平日的習慣，拿起女紅，進入他的書房。她問丈夫需不需要什麼，他說不需要，逕自坐在書桌前寫東西，她則坐下來編織衣物。他們就這樣對坐了一個鐘頭，亞伯特開始在房間裡走來走去。洛蒂和他說話，但是他很少答腔，又坐在書桌前，於是她不禁勾起一連串悲哀的思緒，想要掩飾，強忍住淚水，心情反而更糟糕。

這時候維特的家僮出現了，她簡直尷尬到極點。他把紙條交給亞伯特，亞伯特冷冷轉向妻子說：「把手槍交給他。」——又轉向小僮說：「我祝他旅途愉快。」洛蒂覺得彷彿晴天霹靂。她想站起來，卻搖搖欲倒，她不明白自己的心境。慢慢地走向牆邊，以顫抖的雙手取下槍枝，擦去灰塵，猶豫了半晌，要不是亞伯特質疑的眼光逼得她交出手槍，她還會拖更久呢。她把致命的武器交給那名僮子，一句話也說不出來，他走了以後，她收拾女紅

走入自己的房間，充滿難言的痛苦。她的心靈預先看出各種災禍。起先她真想倒在丈夫跟前，道出一切實情——頭一天傍晚的經過，她的過失和預感……等等。後來一想，這樣做實在沒有什麼好處。她休想說動丈夫去找維特。餐桌擺好了，洛蒂的一位朋友來問幾句話，洛蒂硬不放她走，用餐的時候才勉強維持起碼的談興。他們克制自己，東南西北閒聊著，暫時忘掉不愉快的氣氛。

家僮把手槍交給維特，維特聽說是洛蒂交給他的，連忙喜孜孜接過來。他叫人把麵包和甜酒端進屋，又吩咐家僮去吃飯，然後坐下來寫信。

這兩把手槍經過妳的纖手，由妳擦去塵埃，我吻了它們一千遍，只因為妳碰過它們。祢，天父啊，確實喜歡我的決定！而妳，洛蒂，親自把手槍交給我，我真希望死在妳手中！哎，現在我就要面對死亡了。噢！我叫傭人告訴我一切——妳遞上手槍的時候，全身發抖，妳沒有向我告別——哎！哎！——居然不告別！難道只為了那心心相印的一刻，妳就對我關上了心扉？洛蒂，那個烙印一千年也無法磨滅！我覺得妳不會恨這個為妳而蠟炬成灰

的人。

飯後他叫僮僕把一切收拾好，毀掉一大堆文件，然後出門去還幾筆小債。他回到家，又冒雨走到城門外，逛到伯爵的花園，巡遊附近地方，天黑才回來，寫道：

亞伯特，我對不起你，但是你會原諒我的。我破壞你們家的安寧，搞得你們互相不信任。別了，我就要結束此生。噢！亞伯特！亞伯特！使那位安琪兒快樂吧。願上帝降福給你。

晚上他翻出文件，花了不少時間，部分撕毀，丟進火爐中，又封了幾個包裹，寄給威廉。裡面包括一些小散文和不連貫的思想，有些我曾經看過。他叫人升火，拿一瓶甜酒進來，就打發傭人去睡了，傭人及其他手下的居處和他的房間隔著一段距離，小僮則闔衣躺著，準備一大早起床待命，六點以前駕車的馬兒就會到門口。

十一點以後

　　四周靜悄悄的，我的心靈萬分平靜。主啊，感謝祢賜給我最後一刻的堅強與熱情。

　　親愛的人兒，我走到窗口，還看到幾顆星星在飛逝的烏雲間閃爍。不，妳不會殞落！上帝記得妳，也記得我。我看到北斗星，那是一切星子間最可愛的星座。晚上我離開妳，走到城門邊，它就在我前面眨呀眨的。我常常癡癡望著它，高舉雙手，把它當做一種象徵，一種幸福的神聖表象，而且——噢！洛蒂，世上有什麼東西不讓我想起妳！妳不是常在我左右嗎！我不是一直像孩子，貪婪地捕捉妳那一雙聖手碰過的每一樣小東西！

　　心愛的側影像！臨死前我交還給妳，請妳永遠珍藏著。我曾在上面印過一千個、一千個狂吻，出門或返家也曾向它揮別或招呼一千次。

　　我留了一張便箋給令尊，懇求他保護我的遺體。山谷教堂的墓地中有兩棵萊姆樹，位在後面一隅，面向野地，我希望能葬在那兒。他能夠而且願意為朋友做這件事吧。請妳也代我求情。我不奢望虔誠的基督徒容許一個薄命人兒長伴他們的屍體。

噢！我但願能埋在路邊，或者寂寞的山谷，那麼牧師和猶太人經過墓碑的時候，也許會在胸前畫個十字，撒瑪利亞人也許會灑淚祝福我。

喏，洛蒂！我不畏懼死神冰冷的酒杯，我打算一口喝下死亡的喜酒。是妳遞給我的，我了無懼意。一切！一切！我此生的一切心願和希望就這樣實現了！冷冰冰、硬挺挺敲著死亡的大門。

這樣我才能享受為妳殉情的快樂！為妳犧牲，洛蒂！只要能恢復妳生活的平靜和快樂，我願意勇敢赴死，欣然赴死。但是，哎，只有少數高貴的靈魂能為愛人流血犧牲，以自己的死亡來燃起一個崇高百倍的新生命。

洛蒂，我希望穿這一套衣服下葬。妳曾經親手摸過，聖化了它們。我已要求令尊幫我這個忙。我的靈魂將盤桓在棺木上方。叫大家不要搜我的口袋。我們初見時妳戴在胸口的蝴蝶結……當時妳和小傢伙在一起──噢！吻他們一千次，把好友不幸的遭遇告訴他們。心愛的小傢伙，他們老愛圍在我身邊。噢！從第一次見面，我就深深被妳吸引，硬是捨不得離開！讓這個蝴蝶結陪我下葬吧。是我生日那天妳送給我的！我熱切地接受了──哎，沒想

到會走上今天這樣的道路——冷靜些！我求妳，冷
靜些——

　　手槍上了膛——時鐘噹噹響了十二下！——就
這樣吧——洛蒂！洛蒂！別了別了！

　　一個鄰居看到火花，也聽到槍聲，但是萬籟俱
寂，他沒有多加注意。第二天早上六點鐘，傭人帶
蠟燭進來，發現主人在躺在地板上，遍地鮮血，手
槍擱在他身邊。他叫他，抓緊他，但是他沒有反
應，只有喉嚨呼嚕呼嚕響。他跑去請大夫，又去找
亞伯特，洛蒂聽到門鈴響，四肢開始發抖。她喚醒
丈夫，兩個人下床，傭人抽抽噎噎報告這個消息，
洛蒂當著亞伯特的面昏倒在地上。

　　大夫來了，發現這個不幸的年輕人倒臥血泊
中，已經沒有救了，他的脈搏還在跳動，但是四肢
僵冷，他舉槍射擊右太陽穴，腦漿都迸出來。兩臂
流血，鮮血淋漓，但是還有一口氣在。

　　由椅子扶手上的血跡看來，他是坐在書桌前自
殺的。然後倒在地上，繞著椅子抽筋打轉。他面向
窗戶仰躺著，體力已經耗光了，身上整整齊齊穿著
長靴、藍外套和黃色的背心。

家人、鄰居和全城都一片騷亂。亞伯特走進屋裡。維特已經被人扛上床，前額紮緊，臉色像死人一般，四肢一動也不動。肺部還傳出呼嚕呼嚕的響聲，時強時弱，眼看就要斷氣了。

　　他只喝了一杯酒。「愛蜜麗‧嘉洛蒂」開了瓶放在桌子上。

　　我簡直形容不出亞伯特有多麼沮喪，洛蒂有多麼傷心。

　　老執達官聽到消息，匆匆騎馬趕來，他吻垂死的維特，熱淚不禁滾落面頰。他的幾個大兒子隨後步行趕來，跪倒在床邊，哀痛欲絕，不斷吻著他的雙手和嘴巴，老大是維特的寵兒，如今緊貼著他的嘴唇不放，別人只好硬把他拖開。中午他去世了。有執達官在，又經他一手安排，群眾沒有圍過來看熱鬧。晚上十一點，他將維特埋在他生前選定的地方。老先生帶著兒子們去送葬。亞伯特走不開。洛蒂生命垂危。屍體由工人扛到墓地。沒有牧師在場。

歌德年表

1749年　8月28日，歌德誕生於德國萊茵區，自由市法蘭克福。

1756年　7歲，開始接受拉丁語、法語、義大利語、英語、希伯來語、鋼琴、繪畫、寫字，劍術、馬術等多方面教育，顯露了不平凡的才華。

1763年　14歲的歌德開始了初戀，對象是葛蕾卿。

1765年　在萊比錫大學攻讀法律；私下研讀藝術文學。

1768年　病重，返回法蘭克福家鄉療病。首次研讀莎士比亞以及中世紀鍊丹術的書籍。

1769年　出版第一部匿名詩集《新歌集》（*Neue Lieder*）。

1770年　到法國東北部阿爾薩斯省的史特拉斯堡（Stasbourg）旅行。並奉父母之命，入史特拉斯堡大學，繼續未完成的大學學業。與離史特拉斯堡不遠的塞森海姆地方的一位牧師的女兒，莔莉德麗克·布里安戀

愛。與德國批評家和散文作家的約翰·歌特弗利特·赫爾德相逢。德國文壇興起狂飆運動。

1771年　取得法律學位。返鄉，執行律師業務。首次計畫《格茲·芬·貝里興根》劇本（*Götz von Berlichingen*），充分表現出莎士比亞影響，這是德國文學史上的第一部歷史劇。劇本《浮士德》（*Faust*）有了初步的藍圖。

1772年　5月，為了在帝國大法院見習法律事務，前往小鎮威茲拉爾研習，在此愛上了夏綠蒂。11月，聞友人耶路莎隆因戀愛而自殺，此即為《少年維特的煩惱》（*Die Leiden des jungen Werthers*）之張本。

1773年　凝注心力於繪畫和人物生動的描寫。《格茲·芬·貝里興根》付梓。

1774年　書信體的小說《少年維特的煩惱》出版，躍身為著名作家，遊歷萊茵地區。

1775年　與麗麗墜入情網，在雙方家長安排下定了婚，9月又解除婚約。不久，接受威瑪大公卡爾·奧古斯都的邀請，到威瑪宮廷

去。結識了史坦茵夫人。

1776年　被任命為樞密評議員，負責龐大政務和礦山工作。從事地質學、植物學等研究。愛上年長七歲的史坦茵夫人（Madame de Stael），歌德的熱情，熊熊燃燒了十二年之久。

1777年　著手寫《威廉‧邁斯特的演劇使命》（Wilhelm Meister. a "Bi dungsroman)。

1780年　寫作詩集《女漁夫》（Der Fischer）以及其他民謠詩。

1782年　在威瑪公國，受爵勛為貴族。

1784年　科學著作：有關花崗岩的論文。另發現了「顎間骨」。

1785年　與克莉絲汀‧烏比斯同居（1806年正式結婚）。

1786年　首度義大利之旅。

1788年　完成《愛格蒙》全稿（Egmout）。

1789年　長子，奧古斯都‧芬‧歌德（August von Goethe）誕生。寫作詩集《羅馬輓歌》（Roman Elegles）以及戲劇《杜克華多‧達梭》（Torguato Tasso）。

1790年　第二次義大利之旅。《浮士德》第一部分片斷完成。

1791年　擔任威瑪宮廷劇院總經理。完成生物學著作《植物變態論》（*The Metamorphosis of Plants*）。

1794年　與席勒（Schiller）相遇。在兩個詩人間開始了一段並肩胝足的深厚友誼。

1795年　完成《威廉·邁斯特》第一冊。史詩《赫爾曼與杜羅特》（*Hermann und Dorothea*）。詩歌集第二冊，《巫術的學徒》也包括在其中。

1804年　史坦茵夫人來訪歌德。

1805年　席勒逝世。

1808年　《浮士德》第一部刊行。謁見拿破崙。

1812年　與貝多芬相遇。《歌德自傳——詩與真實》（*Dichtung und Wahrheit*）第二部刊行。

1816年　妻子克莉絲汀歿。

1822年　出版《色彩論》（*Theort of Color*），並反駁牛頓的自然論。

1823年　J.P.愛克爾曼初度造訪，接著他成了歌德

的祕書，以及歌德對話的忠實記錄者。

1831年　完成《浮士德》第二部。

1832年　3月22日於威瑪逝世，享年八十三歲。

世界文學　11

少年維特的煩惱
Die Leiden des jungen Werthers

作　　　者	歌　德　Johann Wolfgang Von Goethe
譯　　　者	宋碧雲
總 編 輯	初安民
責任編輯	陳健瑜
美術編輯	黃昶憲
校　　　對	張淑芬　許素華

發 行 人	張書銘
出　　　版	INK印刻文學生活雜誌出版有限公司
	新北市中和區中正路800號13樓之3
電　　　話	02-22281626
傳　　　真	02-22281598
e - m a i l	ink.book@msa.hinet.net
網　　　址	舒讀網http://www.sudu.cc

法律顧問	漢廷法律事務所
	劉大正律師
總 經 銷	成陽出版股份有限公司
電　　　話	03-3589000（代表號）
傳　　　真	03-3556521
郵政劃撥	19000691 成陽出版股份有限公司
印　　　刷	海王印刷事業股份有限公司

港澳總經銷	泛華發行代理有限公司
地　　　址	香港筲箕灣東旺道3號星島新聞集團大廈3樓
電　　　話	852-27982220
傳　　　真	852-27965471
網　　　址	www.gccd.com.hk

出版日期	2003年 1 月	初版
	2013年 6 月	二版
ISBN	978-986-5823-01-6	

定　　　價	160元
特　　　價	120元

國家圖書館出版品預行編目資料

少年維特的煩惱 / 歌德 著;宋碧雲 譯 二版
　　--新北市中和區:INK印刻文學,
　2013.06　面;公分.--(世界文學;11)
　　譯自:*Die Leiden des jungen Werthers*
　　ISBN 978-986-5823-01-6(平裝)

875.57　　　　　　　　　　102005482